다카기 나오코

살림

차례

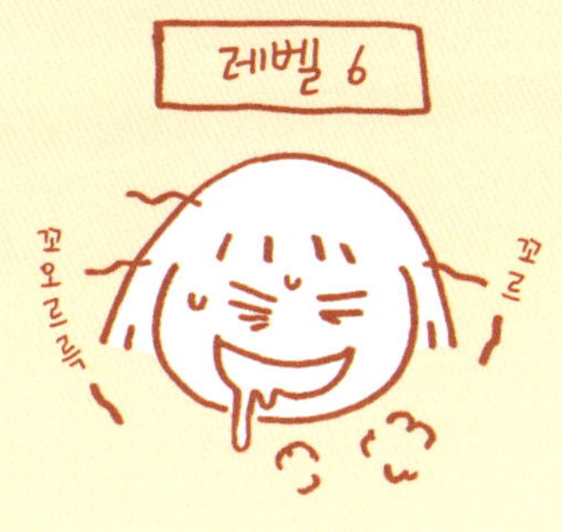

레벨 6
꾸으리리꾸
꾸르

레벨 4
꾸우

레벨 5
꼬르르륵

레벨 7
크르
크르르

혼자서
대충 해 먹는 밥

어…
어떤…
요리를
먹냐고요?

…아.

네
네

다카기 씨는
평소에 집에서
어떤 요리를
만들어 먹나요?

당당
편집자
바바 씨

저는 비교적
요리를 자주
해 먹는
편인데요….

보글

보글

혼자
산 지도
오래
됐는데요.

저…
저는
도대체
무얼 먹고
있는 건지….

그게
보리인가
?

으
아아

앗.

끈적

아니
잡탕죽
인가?

뭘
넣었
더라…

흥건

매실 장아찌도

그전에는
이것저것
집어넣은
호화로운
오차즈케
비슷한 걸….

어젯밤에는
냉장고에 있던 걸
적당히 섞어서
밥에 얹어 먹었고….

뭐…
뭐더라…
뭘 먹었더라?

으
응

얼마 전에
작업실을 따로
마련하면서부터
더 대충대충
먹게 된 거 같아요.

아아,
그렇지.
전에는 집에서
일을 했었지.

슈퍼에도
자주 갔고….

예전에는
좀 더
제대로 된
밥을 만들었던 것
같은데….

최근에는
집밥도
대충
만들어
먹는 것
같습니다.

큰맘 먹고 셰어 오피스를 빌렸어요.
사회인으로서, 인간으로서 이대로는 안 돼!!
일도 안 하고!!
한 발짝도 나가지 않고!!
오늘은 만난 사람도 없고!!
계속 파자마 차림 ♥
집에 있으면 아무래도 게을러져서….
쿠울
쿠울
와하하
예전에는 집을 작업실로 써서 세끼 모두 집에서 해 먹는 경우도 많았는데요.
작업용 책상
하지만….
흐아압~~!!
벌떡
업무 시작 시간이 따로 있는 게 아니라서 아침에는 게을러지기 쉽더라고요.
조… 조금만 더 잘까….
흐아암… 졸려….
띠리링
띠리링
띠리링
띠리링
띠리링
띠리링
아침에 약함
하지만 작업실을 가졌다고 해도….
띠리링…
빨리 일하러 가자~~!!
뒹굴뒹굴 하기 전에…
다녀오겠습니다!!
빵
바나나 요구르트
계란 프라이를 얹은 밥
건더기 없는 우동
아침에는 재빨리 먹을 수 있는 메뉴가 기본이에요.
뭘 먹지….
으음~
그러면 작업실을 빌린 의미가 없으니 있는 힘껏 일어나서 아침 식사를 합니다.
굼적
굼적

마음을 가다듬고 진지하게 일을 시작!!
좋았어!!
심기일전
안녕하세요~
안녕하세요.
이렇게 어찌어찌 작업실에 가면….
덜컹…
덜컹…
전철로 통근함
점심은 대부분 외식이에요.
오늘 점심은 뭘 먹지~.
머엉
…하면서 이런 생각을 하곤 합니다.
라 멘
라멘이 먹고 싶어~
오늘은 어쩐지~
빵이나 도시락을 사 오는 경우도 있음
중국 요리?
파스타?
우헤헤…
집에 돌아가면 보통 밤 9시가 지납니다.
헬스클럽에서 목욕을 함
파아~
일을 빨리 끝내면 헬스클럽에 들르기도 해서,
덜
덜
덜
덜
바디셰이커
타는 것만으로도 운동 효과가 있는 기계
그 후에는 밤까지 일을 하고….
아작
아작
아작
아작
술을 마시러 가기도 함 ♥
카레 선배님

이런 상황이라 아까 말했듯이 대충대충 요리를 만들게 되는데요.
컵라면이라도 좋아!!
냉장고에 남아 있는 거라도 좋으니 빨리 뭔가 먹고 싶어!
꼬륵 꼬륵 꼬륵 꼬륵
배는 고프고….
꼬륵 꼬르륵~
오후 9시 폐점
빠르다…
슈퍼
이 시간에는 근처 슈퍼도 문을 닫고,
하… 하지만 오늘은 아침도 간단히 때웠고 점심도 라멘이었으니
좋았어, 삼겹살이랑 양배추가 있네….
냉동한 밥도…
꼬륵
밥이나 야채, 고기를 먹지 않으면 힘이 나질 않아…
가끔 이렇게 반성 하곤 합니다.
털컥
꼬륵 꼬륵
저녁은 제대로 먹어야 되지 않을까….
영양 밸런스 는?!
앗
꼬륵 꼬륵
원래는 제 고향의 명물이기도 한 돼지고기 스테이크입니다.
돈테키 카레
돈테키 카레?
응?
돈테키 정식
미에 현 욧카이치 돈테키
마늘이 듬뿍듬뿍
최근에는 도쿄 여기저기 에서도 볼 수 있는데요.
혹시 '돈테키'라는 요리를 알고 있나요?
대충대충 돈테키를 만들자!!
꼬륵

후후후…
바로 이것!
고향에서 산
돈테키 소스!

고향에서는
여러 종류를
팔아요~

홋카이치
소스
돈테키

돈테키
소스는
우스터소스
같은 검은
소스가
특징
인데요.

내일
마늘 냄새가
나도
괜찮다면
마늘을
듬뿍 넣어
프라이팬에
구운 후….

치익~

원래는
두꺼운
구이용
돼지고기가
적당하지만,
없을 때는
얇은
고기라도
OK!!

10분 만에 완성
돈테키&밥

디저트는 포도

인스턴트
된장국

김치

토마토 발견♥

채 썬
양배추
위에
얹으면
완성.

우와~

치이익익~

고기가
익으면
이걸
뿌린
다음….

작업실 근처
맛있는
포장전문
초밥집

오늘
점심은
초밥이다~!!

참치
김말이

고등어
누름
초밥

와
아~

기본적으로는
대충 만든
집밥,
가끔 외식,
그때그때
기분에 따라
사 먹고
있습니다.

이렇게
가끔
제대로 된
밥을
만들지만….

음, 맛있네.
맛있어!

맛있엉

냠

냠

슈퍼
어느 날
퇴근길
…

좋았어,
오늘은 아직
슈퍼가 문을
안 닫았네!!

폐점 방송 →♪~
이제
곧
폐점

오늘은
참치
먹고
싶었는데~!!

으~ 헝
회가
다
팔렸잖아!!

텅텅

지금부터
만들어야
되나~?!

아아~
냉동 밥
여분이 없어!!

그리고
기가….

꼬륵

텅텅

밖에서
일하면서
밥을 해 먹는 건
어려운 일
이라는 걸
실감했습니다.

최근 들어
잡탕 요리가
많아진 것
같은데….

이날의
저녁은
이것저것
되는 대로
넣은 잡탕
오코노미야키….

BEER

고향에서
먹는
돈테키의
예

고기가
두툼!!

고향 슈퍼

돈테키
소스를
사서~

고기가
얇아요~

대충대중 돈테키 밥

돈테키
지도

TONTEKI MAP

여러 가게에서
먹을 수 있어요♡

ㄹㄹㄹ르
꼬

빠져드는 맛!
스페셜 낫토

※오크라: 아욱과의 식물로 겉모습은 풋고추와 비슷하다. 자른 단면이 별 모양을 닮았다.

이 맛은?!
후루룩
끈적
보기에는 좀 그렇지만 잘 섞어 입안에 넣으면,
그리고 섞으면 섞을수록 거품이 생겨서 부드러워지네….
끼얹적
끈적
괴… 굉장하다…. 참치랑 오징어 회… 참마에 단무지, 날계란까지 들어 있어….
음, 회랑 들어가는 재료를 다 사면 원가가 비싸지는구나….
너무 맛있어서 집에서도 만들어 보려고 했지만,
단무지도 꽤 비싸네…
통단무지 398엔
지금까지의 낫토에 대한 생각을 바꿔버리는 낫토 신세계가 펼쳐졌습니다.
이것저것 넣어도 맛있다
낫토에 회를 넣으면 맛있다
맛있다아 ~~!!!
끈적 끈적 최고~
NEVER
낫토랑 맥주는 어울린다 ♥
부드러운 낫토
낫토는 밥에 얹어 먹기만 하는 게 아니다
고급스러운 안주
낫토를 아주아주 좋아하심
아빠
같이 먹어 봤으면…
이런 생각도 해봤는데요….
이거 아빠가 엄청 좋아하시겠는데….
에헤헤
스페셜 낫토 입니다~.
가게에서 사 먹는 게 훨씬 저렴해, 그 후로도 가끔 가서 그 메뉴를 주문했습니다.
후루룩
가게에서 먹으면 500엔 정도

 빠져드는 맛! 스페셜 낫토

그러던
어느 날
아빠가
도쿄에
놀러
오셔서,

같이
그
가게에
갔습
니다.

이거야 이거,
전에 말한
스페셜 낫토.

어서
먹어봐~.

와아

응성

응성

주륵

주륵

오오~~!!

이거
굉장한
낫토구먼!!

맛있네!!

그렇지?
맛있다
아이가~~

아빠도
굉장히
좋아하셨어요.

후루룩

다음 날
온종일
도쿄 관광을
하고
밤이 되어
아빠에게
물어보니….

슬슬
배고프네~
오늘은
뭐 먹을까?

메밀국수?
몬쟈야키?

오오
~

도쿄
미드
타운!!

나는 또
그 낫토 파는
가게에
가도 좋구먼~.

설마
했지만
아빠는
이틀
연속
그 낫토를
먹겠다고
하셨어요.

집에 가서
만들어본다며
아빠는
열심히
재료를
메모
하셨는데요.

참치계란
오징어
오크라
참마…차조기…김파…
단무지…겨자…
중열중열…

아 ~ 집에서
만드니까
귀찮더라고.

가게에서
먹는 게
싸구먼~

나중에
물어보니
결과는
저와
같았어요.

역시나…

슈퍼
제철이 지나서 오크라도 비싸고….
오크라 248엔
두리번
뭐, 이걸로 됐으려나~
으음
으~음 참치 회는 있지만 오징어 회는 오징어 소면밖에 없네…. 이걸로 괜찮을까~.
오징어 소면
두리번
본가에서 그 스페셜 낫토를 재현해 봤는데요.
그래서 그해 연말에 고향에 내려갔을 때는.
고오
역시 집에서 만들기엔 힘든 요리 였습니다….
맛있 구먼~
음, 오징어 회가 아니라 오징어 소면으로 해서 그런지 씹는 맛이 별로네….
엄청 만들었음…
앗! 차조기 사는 거 까먹었다!! 괜찮을까….
끈적
끈적
통통
통통
가게에서는 낫토를 조금 잘게 다진 것 같았는데~.
그 가세는 아빠가 도쿄에 오실 때면 꼭 들르는 가게가 되었습니다.
지난주에 갔었어. 아빠, 언제 도쿄에 오면 같이 가~.
요즘에 그 낫토 파는 가게 가봤나?
아빠는 그 가게를 잊지 못하시는 것 같아요.
낫토오~ ♥
결국 저도, 고향 집도 그 후로는 다시 일상으로 돌아가 잔멸치, 파, 가다랑어포를 넣은 낫토를 먹지만,
아~ 조금 선선해지면 가볼까나~.

1

도쿄에 사는 언니
역시 맛있구먼~ ♡
꼰적
그 후 도쿄에 오셨을 때 다시 그 가게를 방문한 아빠...

2

미에 현에도 이 가게가 있으면 좋겠다~.
어때! 맛있지?
남동생과 왔을 때에도 다시 그 가게에...
동생도 낫토를 좋아함
꼰적

3

맛있네! 맛있어!
우리 가족 전부 맛을 보았습니다...
그 후 엄마와 왔을 때에도 그 가게에...
꼰적
꼰적

4

또 그 도쿄에 있는 낫토 가게에 가보면 안 될까~♡
아빠에게는 아직도 잊을 수 없는 맛인 것 같아요.
스페셜 낫토를 처음 맛본 이후로 8년이 지났는데요.

스페셜 낫토
뒤적 뒤적
끈적

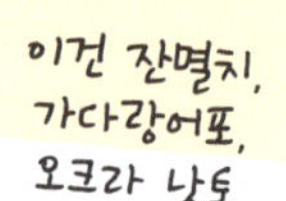

이건 잔멸치, 가다랑어포, 오크라 낫토
♡ 여름의 단골 반찬 ♡

스페셜 낫토 같은 느낌의 이런 정식도 발견!!
비비고 싶어~ ♡

가끔은
헬시푸드를 먹어볼까

여유가 있을 땐 집밥도 균형을 생각해요.

오늘은 꽁치를 굽고…

또 소송채 무침이랑 된장국을 만들고…

그리고 낫토면 되겠지.

낫토

슈퍼에서 물건을 살 때는 일단 성분 표시를 체크하는 타입입니다.

뭔가 수상한 게 들어 있는데…

사지 말자…

빠ㄴ히

절임

절임

이렇게 건강에 신경을 쓰는 것 같지만….

식후 디저트는 배~♥

심플하지만 내용물이 무엇인지 알고 먹는 밥은 역시 안심이 되죠.

와아~ 잘 먹겠습니다!!

짝

안타깝지만, 뭐니 뭐니 해도 이런 음식을 좋아해요.

뽀글뽀글 탄산음료~♡

우후

우후

우후후~ 인스턴트 야키소바랑 감자칩.

POTATO CHIPS
콩소메 맛

어째서인지 가끔은 이런 날도 있어요.

크오오

뭔가 정크푸드가 먹고 싶어!!

맛이 진하고 칼로리가 높은 게!!

화학 조미료 듬뿍!!

 가끔은 헬시푸드를 먹어볼까

이거랑 이거랑 이거랑~ 그리고 예약 안 했으니 빵은 없죠?
그때 혼자서 점심을 즐기던, 단골인 듯한 손님이 이것저것을 샀는데요.
혐미 시리얼
다시마 뿌리
특선 멸칫국물
엄선한 대두 마요네즈
비파차 감잎차
깨소금
볶은 깨
천연양조 된장
○○씨 집의 수제 매실 장아찌
국산 유기농 깨
유기농 유채오일
유기농 유채오일
生 生 生
수제 생간장
유기농 올리브오일
유기농 혐미
유
그리고 가게 한쪽에는 자연식품 판매 코너가 있어서,
슈퍼에서는 본 적이 없는 간장을 팔고 있네~.
냠
냠
자가 제조 천연효모 빵
판매
저기~ 그 빵이 그렇게 맛있나요?
정말로 기뻐하기에 한번 물어보니,
정말요?! 좋아라~!! 없을 거라고 생각했는데~~!!
…
오늘 예약이 한 건 취소돼서 하나 남았어요.
까야
까야
껴키
이 가게의 상품이 궁금해 졌습니다만,
그… 그렇게 대단한 빵인가…?!
맛이 전혀 다르 다니까요
이렇게 뜨겁게 이야기 해서….
이 빵 말이죠! 진짜로 맛있어서 아무것도 곁들이지 않아도 맛있게 먹을 수 있어요!! 여기 빵을 먹으면서부터 다른 빵은 먹을 수가 없어요.

 가끔은 헬시푸드를 먹어볼까

오래 기다리셨습니다 야채 플레이트입니다
와아
야채만 →
그 후에도 가끔 헬시푸드를 파는 가게에 점심을 먹으러 갔어요.
'지금 몸에 좋은 걸 먹고 있어~!!' 라고 생각하면 몸도 마음도 좋아지는 느낌!
냥
냥
냥
피부도 탱탱해지고~.
매일 이렇게 먹으면 건강해질 것 같아~.
라고 매일 생각하지만…
끝내 준다~!
후우
후우
라멘을 안주로 맥주 한 캔
물론 그냥 생각하기만 할 뿐입니다.
엄청 매운!! 라멘
BEER
그 후에 산 헬시푸드 식당의 인기 상품인 빵
맛있었어요
야채만 있는 헬시 정식
집에서 만드는 비교적 건강한 밥상
하지만 나도 모르게 뿌리는 마요네즈
건강해질 것만 같아~

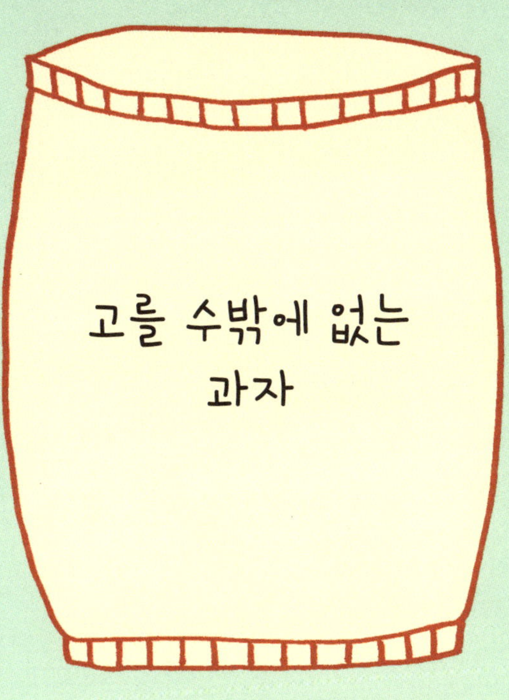

고를 수밖에 없는
과자

가끔 슈퍼나 편의점의 과자 코너에 가면,
맛도 엄청 여러 가지고요….
응? 솜사탕 맛? 아이스크림 맛?
우와… 또 모르는 상품이 나왔네….
종류가 너무 많아 깜짝 놀라곤 합니다.
과자
응성
웅성
웅성
NEW
NEW
컬래버레이션 상품
기간 한정 상품
된장소스 곱창 맛에 새콤한 타르타르소스 맛….
짠
악
과자 종류 자체도 적었고….
앗싸 앗싸!
와아~.
그럼 둘이서 하나 고르렴.
자매니까!!
언니
제가 어렸을 때는 말이죠.
우앙~ 과자 사줘~
아니면 치즈 맛이나 카레 맛이 있는 정도였죠….
과자라고 하면 대부분 소금 맛이나,
얘들이!
감자칩이 좋아!!
나오코는 새우깡이 좋아!!
까
아
까
아
까
아
새우깡
포테이토 칩
포테코
가루비
가루비
카레
치즈
포테롱
베이비스타 라멘
chip star
삿포로 포테토
버지터블
포테롱

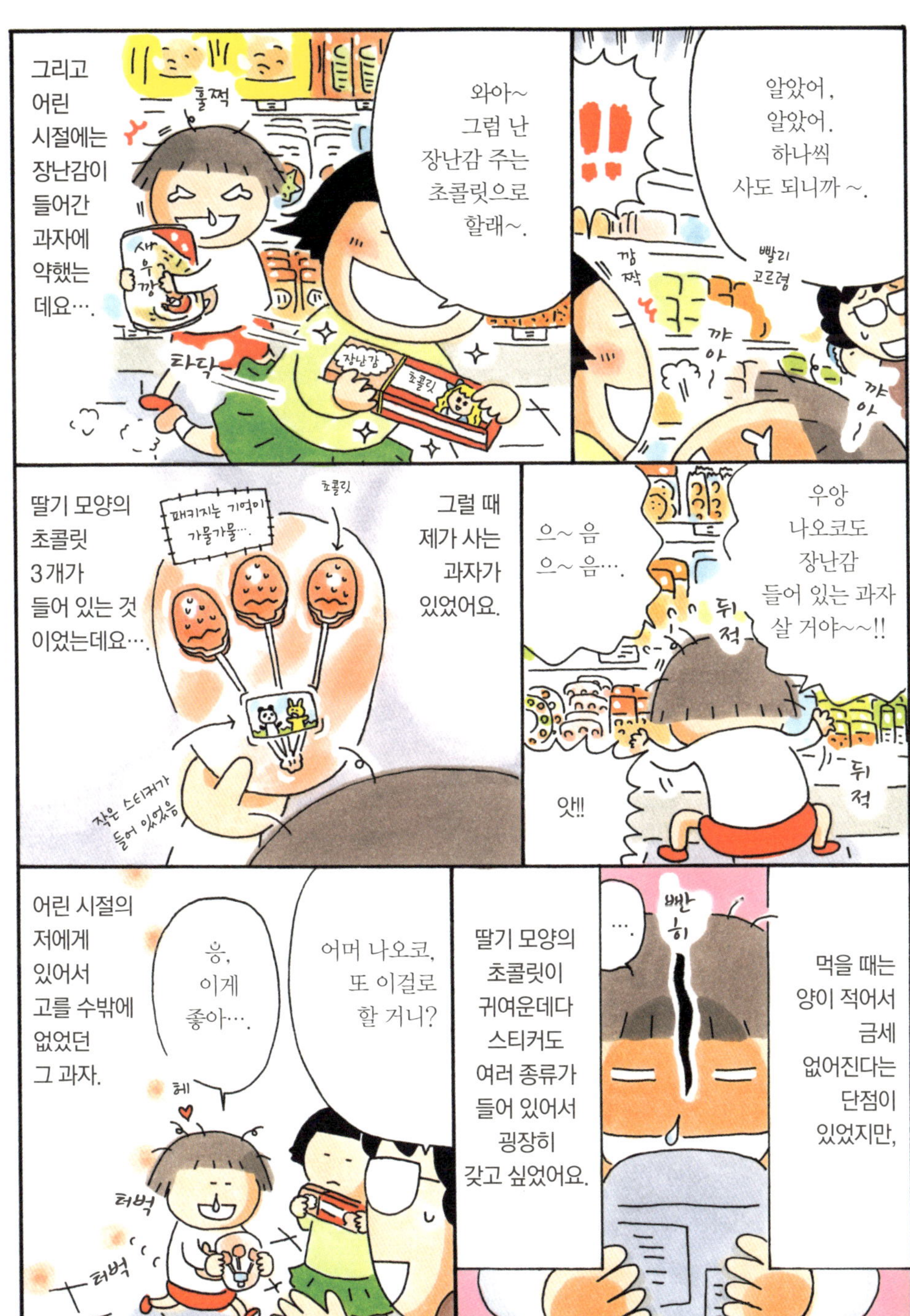

그리고 어린 시절에는 장난감이 들어간 과자에 약했는데요….
훌쩍
새우깡
타닥
장난감
쵸콜릿
와아~ 그럼 난 장난감 주는 초콜릿으로 할래~.
!!
깡 짝
빨리 고르렴
깨 아
까 아
알았어, 알았어. 하나씩 사도 되니까~.
딸기 모양의 초콜릿 3개가 들어 있는 것이었는데요….
패키지는 기억이 가물가물….
쵸콜릿
작은 스티커가 들어 있었음
그럴 때 제가 사는 과자가 있었어요.
으~ 음 으~ 음….
앗!!
뒤 적
뒤 적
우앙 나오코도 장난감 들어 있는 과자 살 거야~~!!
어린 시절의 저에게 있어서 고를 수밖에 없었던 그 과자.
응, 이게 좋아….
헤
터벅
터벅
어머 나오코, 또 이걸로 할 거니?
딸기 모양의 초콜릿이 귀여운데다 스티커도 여러 종류가 들어 있어서 굉장히 갖고 싶었어요.
….
빤 히
먹을 때는 양이 적어서 금세 없어진다는 단점이 있었지만,

요즘 아이들 중에도 이걸 고를 수밖에 없는 아이가 있을까요?
여전히 스티커가 딸려 있음
'딸기 따기' 라는 이름이었나~
아… 자세히 보니 이 과자 아직도 팔고 있네….
베스트셀러 로구나
와아~ 하지만 지금은 이렇게 많은 과자가 있으니 고르는 것도 힘들겠….
응?
웅성
웅성
이보다 더 맛있는 조합은 없어!!
그 후로 한동안 콩소메 맛 감자칩과 포도 맛 환타는 제 베스트 간식 콤비 였습니다.
우적 우적
뽀글 뽀글
포테이토 칩
가루비
콩소메 편지
FANTA GRAPE
이렇게 맛있는 과자는 없을 거라고 감격해서 말이야….
네다섯 살 때였던가…. 콩소메 맛 감자칩이 처음 나와서 먹어보고 깜짝 놀랐지.
이거 먹으렴~.
고맙습니다
와아
할아버지가 주셨던 간장 맛 센베이.
그건 친할아버지 댁에 갔을 때…
그리고 저에게는 지금도 생각나는 과자가 있습니다.

할아버지는 어느 가게에서 사셨을까?
라고 생각했었는데 어른이 된 후로 여러 센베이를 먹어봤지만, 할아버지 댁에서 먹었던 센베이가 가장 맛있었던 것 같아요….
할아버지는 고등학생 때 돌아가셨어요…
아그작
가끔은 센베이 외에도 다른 걸 주면 좋겠는데~.
으응
아작
아작
하나 더 먹을래?
딱딱한 센베이여서 어린애들이 먹기에는 좀 부담스러웠죠….
아작
고모는 젊었을 때 도쿄에서 일한다며 부모의 반대를 뿌리치고 상경했었고,
최근에서야 도쿄에 사는 고모가 그 센베이를 보내줬었다는 걸 알게 됐습니다.
아아~.
맞아~ 그 센베이 내가 도쿄에서 보내줬던 거야.
고모
그러던 어느 날…
네에?!
아버지가 센베이를 좋아해서 가끔 사서 보냈어~.
사이타마 현 소카에서 굉장히 맛있는 센베이집을 찾아서 말이지.
그 후에는 노력하여 직장을 구했고 지금도 도쿄에 살고 있습니다….
걱정하신 부모님께서 도쿄로 찾으러 가도 돌아가지 않겠다고 고집을 부렸다고 해요….
돌아오렴
…
상상도

찬장
선베이
선베이
언제나 소중히 보관해둔 센베이….
…
고향을 떠난 딸이 먼 곳에서 보내주는 센베이는 할아버지에게 기쁜 소식이 아니었을까….
소카 센베이
상상도
그 가게는 고모가 사는 곳에서 조금 멀리 떨어져 있어서 사러 가는 게 힘들었다지만….
지금에서야 죄송한 마음이 들었어요.
우와아앙~!!
콩소메 맛 감자칩이 더 좋은데~
또 센베이인가~.
언제나 먹었음
맛있나~?
그걸 손녀인 제가 아무것도 모르고 먹어버렸다고 생각하니,
?
아그작
아그작
아그작
선베이
이 나이에도 링 모양 과자는 손에 끼워서 먹음
아작
아작
포테코
어른이 돼도 과자는 역시 좋아요!!
좋아항 ←
음, 이 센베이는 그저 그러네!
건방지다 →
아작
선베이
아작~
어린 시절 센베이 조기교육을 받아서인지 저는 간장 맛 센베이에 관해선 입맛이 좀 까다롭게 되었죠.

그래그래, 이런 맛이었던 것 같아~♡
으~음 풍미 좋네~.
아작
아작
3
먹어보니 확실히 할아버지가 옛날에 주셨던 센베이와 비슷한 맛이 났어요.
센베이 가게가 엄청 많네~.
소카 센베이
센 베 이
센베이
센베이
와아, 굉장하다.
지난번에 저도 처음으로 사이타마현의 소카에 가봤습니다.
1
소카 센베이를 보내드려요….
그리고 저도 고향의 부모님께 센베이를 보냈습니다.
효도 택배 ♫
4
창업 150년
이 간장 맛 센베이 주세요.
오래돼 보이는 가게에서 센베이를 구입했죠.
2
그때 산 소카 센베이
Fanta
Calbee
ポテトチップス
コンソメパンチ
28g
스티커가 들어 있음
맛있었어!!
아작
어린 시절 자주 사 먹었어요!!
어릴 때는 과자가 산뜻 들어갔었는데…
나의 베스트 콤비 간식

갑자기 먹고 싶어지는
B급 냉라멘

데친 숙주에
닭고기에 미역에
계란지단에
토마토에
오이까지!
다 좋아~

여러 가지
건더기를
얹으면
호화로워
보이고
맛도 있죠.

쨀랑~
쨀랑
냉라멘 시작 했습니다

여름에
먹고 싶은
음식을
떠올려
보라고 하면
역시 이거지,
하는 분도
많을 것
같은데요.

라멘을
사려고 했었는데
실수로
냉라멘을
사버렸지 뭐야~.

왜
그러세요~?

두둥
냉라멘 30개입

으아야!!

그건 제가
초등학생
이었을 때…

하지만 저에게는
하나 더 좋아하는
타입의 냉라멘이
있습니다.

미안하지만
한동안은
그걸
먹어야
겠다~.

뭐야아~

우웅~
그냥 라멘이
좋은데~.

어느 날
주문 실수로
잘 먹지 않던
냉라멘을
박스로
사게
됐습니다.

주산학원에
가기 전에
간식으로
라멘
먹어야지~.

라멘 30개

우리 집은
배고플 때
알아서
먹을 수
있도록
라멘을
박스로 사서
택배로
받곤 했는데요.

직접 만든다

 갑자기 먹고 싶어지는 B급 냉라멘

냉장면 코너
수제면
생
참깨 소스
두
라멘
생 냉라멘
2인분
수프 별첨
생
냉라멘
2인분 냉라멘
생
생
3인분
둥

시중에서 팔고 있는 냉라멘은 대부분 생면 타입이라 그런지….

좋아하는 것
★ 꼬불꼬불한 건면
★ 간장 베이스 소스
★ 후리카케 같은 게 들어 있는 것
차가운 라멘
후리카케 별첨
건면
즉석 냉라멘
수프 후리카케 별첨
'차가운 라멘'이라는 이름으로도 판매함

냉라멘
건면 간수 무사용
간장 소스

제가 좋아하는 건면 타입의 냉라멘은 몇 개의 브랜드에서 나오는데요….

이건 쫄깃쫄깃 생면 느낌이라고 씌어 있지만 딱히 그런 고급스러운 맛을 원하는 것도 아니고.
보통 면이 좋은걸…

간장이 좋은데…
이건 건면 타입 이지만 참깨 소스네….

발견 하더라도 좋아하는 것과 조금 다르기도 해서….

즉석면 코너
라멘
라멘
우동
라멘
라멘
메밀국수
메
라멘
라멘
음~ 없는 긴가…

건면 타입은 잘 보이지 않습니다.

와아~ 있다, 있어~~!!
라멘
3개 사야지 ♥
냉라멘
멘

하지만 가끔 먼 곳에 있는 슈퍼에서 발견하기도 해요.

라멘
라멘
라멘
메밀국수
우동
이 슈퍼에는 언제 봐도 없네….
가끔은 상품 구성을 바꿔주면 좋잖아…

여름이 오면 슬슬 찾기 시작하지만 집 근처 슈퍼에서는 도무지 찾을 수가 없었습니다….

이 B급
느낌이
좋다니까!

파래
가루

↑ 파래 가루를 더해서 먹는다

참고로
이런 타입의
냉라멘은
건더기를
넣지 않고
별첨인
후리카케만
뿌려서
깔끔하게
먹는 걸
좋아해요.

이렇게
지금까지
어찌어찌
구하고는
있습니다.

와아~
사과와
벌꿀이 들어간
간장소스 냉라멘!

처음 봤어~

홋카이도
차가운 라멘
사과
벌꿀

여행지에서
지역
상품인 듯한
건면 타입
냉라멘을
발견하기도
했어요.

대부분
상담을
안 해줘요.
다른 사람들은
그 정도 일로
고민하지
않는
걸까요….

아하하

흐~
그렇구나….
아, 그것보다
지난번에~.

가끔 먹고
싶어지는데,
파는 데가
별로 없어서
답답해….

찾았다고
생각해서
살펴보면
거의
참깨
소스…

건면 타입에
간장소스가
들어 있는
냉라멘을
좋아해서

좋아하는
냉라멘을
찾을 수
없다며
다른
사람에게
고민을
이야기
해보기도
하지만,

건면에
간장소스와
후리카케가 딸려 있는
냉라멘을
언제나 살 수 있게
해주세요!!

근처의 슈퍼

고객 의견함
BOX

조금 더
안정적으로
공급되기를
바라고
있습니다.

간식 느낌으로
후루룩 먹으면
좋단 말이야~.

모두
먹으면
좋을 텐데!!

여름만이
아니라
봄이나
가을에
먹어도
좋다고!!

아아~
하지만
배가 살짝 고플 때
먹기 딱 좋단
말이지~.

두—등!!

냉라멘

3인분, 수프 동봉

生

생면 타입의 냉라멘도 가끔 사는데요….

1

아차! 유통기한 오늘까지인데 2개나 남았네!

냉라멘

3인분이 들어 있는 건 양이 많은데다 유통기한도 짧아서,

2

그래 냉라멘을 먹자 ♥

냉 라 멘

거기에 비하면 건면 타입은 딱 먹기 좋은 사이즈!

3

냉라멘이 먹고 싶어~

후루룩

12월 이지만 어째 오늘은 ♥

쌓아두면 계절이 지난 뒤에도 먹고 싶을 때 먹을 수 있으니 좋습니다.

혼자 다 먹긴 힘들어요.

4

冷しらーめん

후리카케
(중요한 포인트)

冷しラーメン

좋아하는 타입의 건면 냉라멘

여름에도 겨울 에도!! ♥

파래

거기에 더해서

가게에서 먹는 → 고명의 예

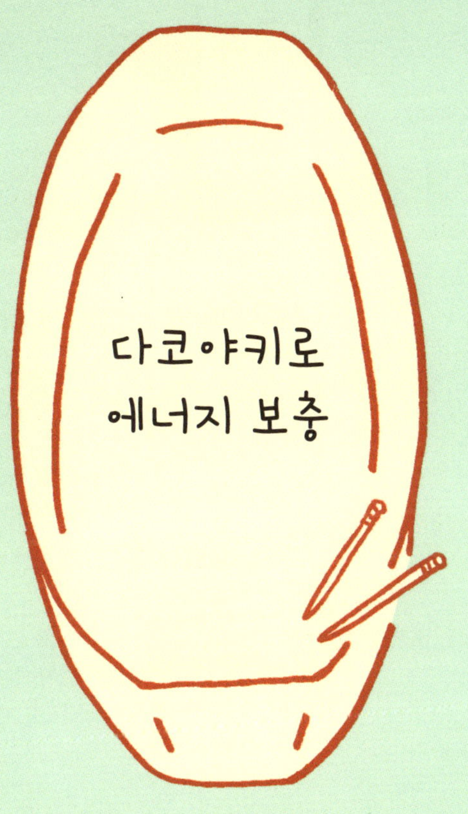
다코야키로
에너지 보충

오
두근!!
퍼억
쿵!!
그 멋진 라이브가 제 심장을 저격 했습니다!!
와아~ 갈래요 ♥
티켓 있는데 갈래요?
올해 초에 담당자 바바 씨와 어느 아티스트의 공연에 갔었는 데요….
이렇게 된 거 오사카의 명물도 마음껏 먹어봐요!!
고 오 오 오
…이렇게 둘이서 오사카에 가게 됐습니다.
오사카 공연 티켓은 구했 는데요~.
바바 씨
갈래요!
칼대답
하지만 가을 공연은 티켓을 구하지 못해 낙담하고 있었죠….
신오사카
교토
라이브에 가기 전에 일단 다코야키로 에너지를 보충하죠!!
그래서 이번 오사카 여행에서는 다코야키를 공략해 보기로 했습니다.
그러고 보니 오사카에서 다코야키를 제대로 먹어본 적이 없어요~.
고오~
오코노미야키에 구시카쓰에 다코야키에 이카야키, 우동에 고기만두….
오사카 명물이라고 해도 종류가 많네요.
BEER
오사카 ♥
551

들뿍
들뿍
들뿍
이런 이미지
오코노미야키
다코

오사카의 다코야키는 우스터소스와 마요네즈가 듬뿍! 이라는 이미지가 있는데요.

…의 우메다 지점
야키
아이즈야
원조 다코 야키
아이즈야
아이즈야
여기로 군요~.

이렇게 가보게 된 곳은 다코야키의 원조라고 하는 '아이즈야'라는 가게.

라디오야키 600엔 (12개)
다코야키 500엔 (12개)
두 웅

그리고 다코야키보다 더 오래전에 생겼다고 하는, 소 힘줄과 곤약이 들어간 '라디오야키'도 주문했습니다.

오사카에는 간장 국물을 넣은 반죽으로 구워 소스가 없는 다코야키도 있는데, 여기가 그런 타입이었어요.

라디오야키도 맛있네요~.
이건!!
촉촉~
심플해 보이지만 겉은 바삭한데다 속은 촉촉하고 국물 맛이 나는 게 굉장히 맛있어요!

미노 맥주
오사카 지역맥주
주문 ♥
MINOH BEER
WEIZEN
몰캉
몰캉
오오~ 데굴데굴 동글동글한 게 귀엽다~!!

사실은
다른 가게도
가보려고 했지만
다코야키를 먹다가
라이브에 늦으면
안 돼서….
이제 가요
30분 남았어요!!
이렇게
다코야키를 먹어
치우고
공연장으로
향했어요.
추가 주문합시다!!
죄송한데, 다코야키 추가요~
입안이 녹을 것 같아~
우와~ 깜짝 놀랄 정도로 팍팍 들어가요!
쩝
쩝
아까 먹은 다코야키가 전부 소화돼 버렸습니다.
와아
위… 위험하다. 배가 슬슬 고파오네.
공연 시간은 3시간쯤 이었는데 그 중간에,
꾸르륵
컵
꺄아
두근
와아
꺅~
휘
익
와~
라이브는 엄청 멋있어서 가슴이 두근거렸지만….
그런데….
아아~ 비다!!
그러죠!!
그럼 이제부터 소스마요 맛의 묵직한 다코야키를 먹어볼까요!!
꼬륵
폐관
아아~ 앙코르 할 때부터 배가 고파져서~
웅성
웅성
그건 바바 씨도 마찬가지인 듯했어요….
꼬륵
꼬륵

맛있는 발견!!
신우메다 식도가
오사카 명물 다코야키
하나다코
감사 세일
웅성
웅성
웅성
오오!!
들어가자 마자 줄을 서서 기다리는 다코야키 집을 발견했어요!!
철도 아래
맛있는 발견!!
신우메다 식도가
와아~
비를 뚫고 찾아간 곳은 신우메다 식도가라는 곳이었습니다.
와아, 다코 센베이도 먹어보고 싶어요!!
그리고 맥주도!!
하나다코
전부 생문어
다코야키
320엔
430엔
530엔
다코야키
당점 인기
간 무 & 폰스
6개 370엔
8개 480엔
10개 580엔
깔끔한 맛
다코야키 2개입
우롱차 콜라
일반 다코야키랑 간 무 & 폰스를 먹어볼까요.
다코 센베이
1개 120엔
또 오세요
또 오세요
행인
다코야키 굽는 곳 바로 앞 작은 카운터에 서서 먹기로 했습니다.
배가 고파서 이것저것 시켜 봤습니다.
다코 센베이
120엔 X 2개
간 무 & 폰스 370엔
(6개)
맥주 두 잔
← 다코야키 320엔 (6개)

 다코야키로 에너지 보충

와나카
새우 센베이 사이에 다코야키가 있어~
이거 맛있구먼!!
5년 전 모녀 여행
이 다코 센베이는 예전에 오사카로 여행을 왔을 때 처음 먹고 맛있어서 감동했던 음식인데요.
먼저 다코 센베이를 먹어야 손이 비겠네요.
꺄아~ 다코야키 뜨거워!!
하지만 카운터의 폭이 15센티미터 정도라 많이 시켰더니 먹기 힘들었어요.
퇴근길에 이런 가게가 있으면 좋겠어요~!!
후우~ 아직 뜨거워~
후
가벼우면서도 맛있게 한잔할 수 있어서 좋네요~.
후아
맥주랑 잘 어울려~.
엄청 뜨겁지만
아뜨뜨.
후아
꿀꺽
후아
그때 이후 꿈이었던 '다코 센베이를 안주로 맥주 한잔!!'이 이루어져서 감격했습니다….
마요네즈가 듬뿍
소스 맛도 간장 맛도 둘 다 좋아요~
앗, 이거라면 충분히 먹을 수 있겠어~.
간장 국물 맛이라면 괜찮을 거라며 그 후에도 다코야키를 먹을 수 있는 이자카야에서 오사카의 밤을 만끽했습니다.
다코야키 300엔 (5개)
취향에 따라 국물에 찍어 먹음
라고 말하면서도….
하루에 먹어도 되는 마요네즈 양을 뛰어넘었을지도….
응성
배불러~
하지만 역시 소스마요 맛은 배가 꽉 차네요. 공연 가기 전에 이걸 먹을걸….
응성
비가 그쳤음♪

DATA

아이즈야 우메다점 (会津屋 梅田店)
오사카 시 기타 구 우메다 3-2-136 우메산코지
(大阪市北区梅田 3-2-136 梅三小路)
☎ 06-6346-3444
http://www.aiduya.com

하나다코 (はなだこ)
오사카 시 기타 구 가쿠다 정 9-16 신우메다 식도가 1층
(大阪市北区角田町 9-16 大阪新梅田食道街 1F)
☎ 06-6361-7518

오사카 둘째 날
오사카 먹부림 * 꼬르륵 DATA
오사카의 아침
폭신폭신 계란 샌드위치
카페
고맙습니다
또 오세요 웅성 웅성
웅성
웅성
오사카 구시카쓰
이것도 좋아해요 ♡
한 그릇 더~
이 타입 이라면 팍팍 들어 갑니다!!
다코야키 4꼬 세트!!
그리고
나를 위한 선물
냉동
배… 배불러…

이번에는 본고장에서
아카시야키를

효고
교토
교토
신오사카
신고베
니시아카시
오사카
와카야마
나라

오사카에서 발을 넓혀 다른 곳에 가보는 것도 좋을 것 같아서….

지난번에는 다코야키집을 돌아다녔는데 이번에는 어디가 좋을까요~.

구시카쓰?
오코노미야키?
복어 냄비요리?

오사카에서 또 맛있는 걸 먹어봐요.

으음…

그리고 1년 후, 다시 바바 씨와 오사카에 공연을 보러 가기로 했습니다.

오사카 바로 옆 효고 현의 아카시 시~!

아카시
Akashi
니시아카시

이곳에 와 봤습니다!!

그렇게 해서 출발 당일 일찌감치 도쿄를 떠나,

고오오오 ──────

그럼 거기로 가볼까요?

신오사카 역에서 전철로 약 40분…

노선도

아… 저 예전부터 여기에 가보고 싶었어요.

그사이에 아카시야키 가게를 최대한 많이 돌아다녀 봐요~!!

비가 오긴 하지만요…

오사카에는 오후 4시까지 가면 되니 4시간은 있을 수 있겠네요!

후후 지금이 11시쯤…

한 번쯤은 본고장에서 제대로 먹어보고 싶었어요.

다코야키집의 사이드 메뉴 같은 느낌으로 먹어본 적은 있는데요.

다 코 야 키

오오~ 아카시야키도 있네.

아카시의 명물이라고 하면 '아카시야키'!!

역을 나서니 거리는 문어로 가득 차 있었습니다….
우온타나
우온타나
우와아~!!
웅성
웅성
아카시야키를 파는 가게도 여기저기에 있었어요.
우온타나
우온타나
아카시 문어
아침에 삶은 문어
웅성웅성
문어의 거리에 온 것 같아요~.
카페에도 아카시야키가!!
ST LAUNGE 카페
아카시야키 450엔
KOBE
제일 먼저 찾아간 곳은 1924년에 창업한 이 가게였습니다….
와~.
분위기 있네요.
맛의 왕장 계란구이 본가 기무라야
계란 구이
아카시 명물
기무라야
계란구이
참고로 아카시에서는 '아카시야키'라고 말하지 않고 '계란구이'라고 하는 가게가 많았어요.
계란구이 1인분이랑 맥주 주세요.
네~.
앗, 오뎅도 있네요! 오뎅도 먹고 싶다!!
소리 기다리셨습니다~.
소 힝줄 250엔
무 150엔
계란구이 1인분 (20개) 850엔
우~왕
오뎅
문어 500엔
미니 슈크림 같아요!
아~ 폭신폭신해!!
말캉
말캉
말캉

계란찜 같은 맛 이네요~.
우와~ 뜨겁다!
말랑말랑 하면서도 속은 촉촉한 게 엄청 뜨거웠 습니다!!
후우 후우 후우
쪽쪽
맑은 국물에 담가서 먹어요.
탱글 탱글
아카시야키는 계란과 맛국물, 진분이라는 밀 전분을 섞어 만든 반죽으로 구워 말랑말랑한 다코야키 같은 음식인데요.
터질 것 같아~.
여긴 둘이요~!!
네~.
하나 주세요~
아직 오전 인데도 계속 손님들이 들어왔 습니다.
그렇구나. 하나나 눌이라고만 말해도 알아듣는구나~
어서 오세요~
소금 맛도 맛있어요~.
소금
테이블 위에는 우스터소스와 소금도 있었는데, 아마도 곁들여 먹으면 되는 것 같았어요.
와아, 엄청 큰 문어다!!
와아, 재밌었어요!
아카시 계란구이
명물 계란구이
본가 기무라야
그렇게 첫 번째 가게는 종료!!
냥
혼자 가볍게 와서 1인분을 뚝딱 해치우고 돌아가는 동네 사람도 많았고….
점심 식사로 드시는 거겠죠~.
아니면 간식인가?
주문은 이것뿐
뭔가 귀엽네요~.

바바 씨도요?!
생각보다 배가 꽤 부르네요.
그러자 바바 씨도….
내가 오뎅을 시켜서 그런가?!
최대한 많은 가게를 가보려는 생각에 첫 번째 가게에서는 1인분을 반씩 나눠 먹었어요.
어… 어라 반밖에 안 먹었는데 배가 은근히 부르잖아.
※ 한 사람당 1인분씩 시켜야 하는 가게도 있음
그렇게 두 번째 가게로 향했어요.
다음 가게도 유명한 곳인데 역에서 조금 떨어져 있어요.
배도 꺼뜨릴 겸 걸어가요.
여기서…
MAP
하지만 아카시야키는 촉촉한 게 왠지 소화가 빠를 것 같지 않아요?
그러네요. 바로 소화될 것 같아요!!
아하하!!
맛도 깔끔했고!!
하지만 이미 엄청 긴 줄이!!!
찾아 헤매던 가게를 발견했습니다.
계란구이
야키소바
후나마치
앗, 저기다!!
불안한 마음으로 상점가에서 떨어진 길을 걷고 있다 보니,
앗, 아카시야키 같은 걸 들고 가는 사람들이 있어요!!
여기가 맞으려나요~.
두리번
두리번

와아~!
두 분 들어 오세요~.
잘 먹었습니다
15분 정도 기다려서 가게에 들어 갔습니다.
웅성 웅성
야키소바
계란구이
아카시 명물
오코노
기대 되는데요!
그렇게 가게 앞에서 줄을 서기로 했어요.
소박한 분위기의 가게네요~.
우리 집 같아…
후나마치
계란구이 1인분이랑 '아카시 사이다' 주세요.
네~에!!
아카시 명물
아카시 사이다 200엔
이날은 일요일
시원미
매운맛
오코노미 야키나 야키소바 같은 메뉴도 있지만 토요일과 휴일에는 아카시야키만 팔고 있었어요.
이쪽에 앉으세요~.
치익~
가게는 열 명이 들어가면 꽉 찰 정도의 크기 였는 데요….
우와아~!!
따끈
아카시 사이다
계란구이 1인분(20개) 550엔
잠시 후 갓 만들어 따끈 따끈한 아카시 야키가 나왔 습니다.

이번에는 본고장에서 아카시야키를

저, 저도 그래요….
뭐… 뭐지, 가슴은 답답하진 않은데 위가 꽉 찬 듯한 느낌….
이 시점에서 두 사람 모두 배가 꽉 차버렸어요.
그런 가게도 가보려고 했는데요.
문어가 아니라 뱀장어가 들어간 아카시야키
뱀장어도 아카시 명물!
걸쭉한 국물을 끼얹은 아카시야키
끈적
그 외에도 신기한 아카시야키를 파는 데가 있어서,
그러겠죠.
차를 마시면 배가 꺼지지 않을까요?
빗발도 거세져서 카페에서 휴식을 취하기로 했습니다.
쏴아
아하하
가게 두 군데 합쳐서 한 사람당 1인분 정도만 먹었을 텐데요~.
UON TANA
우온타나
팔짝팔짝 뛰면 아래로 내려갈 것 같은데~!!
팔짝
팔짝
저는 몰래 가져 갈게요….
굉장하네요, 다카기 씨….
그리고 저는 나온 음식은 먹는 타입이라….
앗.
그런 방법이 있었다니!!
만주도 같이 드세요~.
…그런데 하필이면 이럴 때 서비스가!
짜잔
안
!!

4시간이면 가게를 몇 곳이나 돌려나~
4시간 연속 아카시야키 레이스!!
조금 전의 두 사람
하지만 아카시까지 와서 겨우 두 곳밖에… 그것도 한 사람당 1인분만 먹다니 한심하네요.
으그그
우온타나 UONTANA
당연하죠!!
배가 더 부른 것 같은데요~.
그렇게 카페를 나왔지만 배는 꺼지지 않았어요.
꺼억
UONTANA 우온타나
우온타나!! 우~~~~ 오오오오!!
'사카나노타나(魚の棚)'라고 쓰고 '우온타나'라고 읽는다고 해요.
소리 내서 불러 보고픈~
신기한 발음이네요.
아카시 명물 계란구이
야마토쿠 다코이소
계란구이
짠
아악
못 들어 가겠다~!!
그런데 아까부터 저희가 돌아다녔던 이 상점가는….
한 곳이라도 더 가려고 근처를 어슬렁거리고 있었는데,
와아~ 가려고 했던 가게에 엄청난 줄이 있네요~~!!
폭신폭신 말랑말랑 쭉쭉
히지만 그 후 도쿄로 돌아간 뒤에도 어째서인지 갑자기 먹고 싶어지는 아카시야키였어요.
정말로 배가 꽉 차서 아카시야키 투어는 여기서 종료했습니다…
이제 몸이 계란으로 가득 찬 거 같네요.
계란구이 1인분(15개) 맥주 한 병을 둘이서 나눠 먹음♥
여기도 맛있긴 한데… 이제 더 못 먹겠어요….
그리고 결국에는 다시 기본 타입의 아카시야키 가게에 들어갔지만,
BEER

DATA
본가 기무라야 (本家 きむらや)
아카시 시 가지야 정 5-23(明石市 鍛冶屋町 5-23)
☎ 078-911-8320
http://honke-kimuraya.com

이건 예술품 이야!!

〜 굴 〜 에

야키소바도 먹어보고 싶었는데~

아카시야키에는 이거?!

슈우우우우

DATA
후나마치 (ふなまち)
아카시 시 자이모쿠 정 5–12
(明石市 材木町 5–12)
☎ 078–912–3508

아카시야키 * 꼬르륵 DATA
아카시에는 문어가 가득!!
우온타나 상점가
明石駅 Akashi Sta.
52 神戸 Kobe
2
おいしい! おいしい!
문어…
문어…
문어…
문어…
문어…
문어…
燕龍 CHEN LON
우우~~~ 우온타나~!!
200えん
오징어…
おすすめ
玉子焼の食べ方
① おだしにつけて
② お塩のみで パクッと
あついので お気をつけて
소금 맛도 맛있어요 ♥

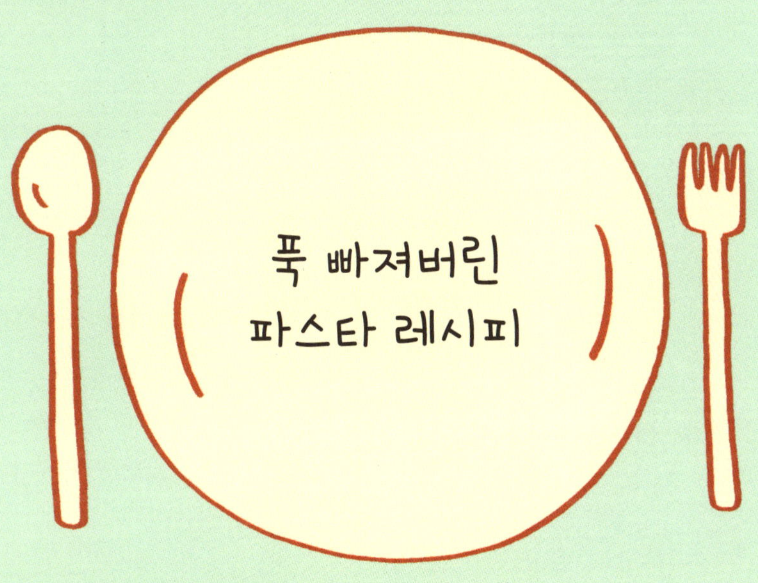
푹 빠져버린
파스타 레시피

귀찮아 보이는 레시피는 대충 넘어갑니다.
이 요리는 양파를 전날 볶아서 소스에 하룻밤 재워야 한다니….
페코리노 로마노?
신기한 재료를 많이 쓰네….
펄럭…
펄럭…
가끔 요리책도 보곤 하는데요.
흐음~.
펄럭…
레시피 100
표고버섯도 레몬도 마침 있으니 만들어볼까~!!
꼬옥
어느 날 발견한 간단 레시피는 '표고버섯과 레몬을 넣은 페페론치노 파스타' 였어요.
하지만 간단한 레시피를 발견하면 종종 흥분해요!!
오오! 이 레시피는 엄청 간단해 보이잖아!!
dancyu
파스타 교실
벌떡!!
그다음 프라이팬에 올리브오일을 두르고 마늘, 페페론치노, 이탈리안 파슬리를 약불에 볶아요.
치익~
스파게티가 익기 1분 전에 표고버섯을 투입합니다.
휙
보글 보글
표고버섯 2개 정도를 4등분으로 자른다 (1인분)
돌소금을 넣은 냄비에 스파게티 100그램을 삶으며 표고버섯을 썰고…
버섯대는 얇게 썰어요~
보글 보글
통 통

조리 시간 약 10분

소금으로 간을 맞춰 접시에 담으면 완성.

스파게티 삶은 물 50밀리리터와 레몬 한 조각의 즙을 짜서 껍질째 넣은 뒤 약불로 수분을 날리는 것처럼 섞어줘요.

치익~

치익~

치익~

거기에 체로 건져 물기를 빼놓은 스파게티와 표고버섯을 넣어,

그 후로 매일같이 만들어 먹었습니다.

우후후…

치익~

저는 이 레시피가 마음에 들어서,

삶은 표고버섯을 넣었더니 탱글탱글 촉촉하고 맛있어!

음, 만드는 방법은 심플하지만 맛있네!

원래 버섯을 좋아하는데다 소금과 레몬의 조합도 좋았어요.

많이 있으니까 오늘은 표고버섯의 양을 두 배로 늘려볼까~.

치이익

그래서 표고버섯을 박스로 구입했죠!!

조금씩 사는 것보다 이득임

이 요리를 마스터하고 싶어!!

아차차… 물을 좀 많이 넣었네….

물기가 조금 많다…

간단한 레시피라고는 하지만 할 때마다 반성할 점도 보이고….

표고버섯 외에 다른 버섯을 여러 종류 넣어도 된다고?!
…음?!
어느 날 레시피를 다시 봤더니,
morning pepehoncino
치익
외출하는 날에는 마늘을 적게 넣음
재빨리 만들 수 있는 메뉴라 아침 식사로도 만들어보고,
그러자 맛의 변화에 재미를 붙였습니다….
잎새버섯을 넣으니 풍미도 달라지고~.
후루룩
오오~ 새송이버섯을 넣으니 씹는 맛이 좋아!!
후루룩
그렇게 다른 종류의 버섯도 사들였습니다….
몰랐어, 몰랐어!!
뭐야, 표고버섯 말고 다른 버섯을 넣어도 되잖아!!
저의 버섯 페페론치노 파스타 붐은 더욱더 깊어만 갔습니다.
우헤헤…♥
치익
이런 것만 생각하게 되고,
양송이라~. 이걸로 페페론치노 파스타를 만들면 무슨 맛이 나려나~.
오오 크고 아름다운 만가닥버섯!!
최근에는 슈퍼에서 맛있어 보이는 버섯을 발견하면,

어라~ 오늘은 비싸네~.
다음 날 슈퍼에 가니 좋아하는 스파게티가 여느 때보다 조금 비쌌어요….
298엔
258엔
보통 1198엔에 팔
우아앙~ 먹고 싶었는데~.
언제나처럼 페페론치노 파스타를 만들려고 했는데 스파게티가 떨어진 것을 발견했어요.
오늘은 볶음밥 해 먹지 뭐~
텅텅
파스타 용기
아아~~!!
그렇게 시간이 지나고 어느 날….
어느새 빠져 나갔어요.
제 안에서 엄청난 열풍을 일으켰던 버섯 성분이…
뿌욱
그렇게 한동안 페페론치노 파스타에서 멀어지게 되니,
좋아 보이는 버섯도 없고, 나중에 쌀 때 만들면 되지 뭐~.
오늘은 오므라이스
이거 언제까지 계속될까요?
좋았어, 오늘은 셀러리를 넣어봐야지!!
그런 제가 요즘 빠져 있는 건 토마토를 사용해 깔끔한 라멘을 만드는 것.
치이익
아자
붐이 끝나면 언제나 이런 느낌입니다.
나… 나는 왜 그렇게 미친 듯이 버섯을 먹었던 거지….
이상하게도 먹고 싶다는 마음도 점점 없어졌고,
버섯 중독?
설마…

심플하지만 빠져드는 맛!!

DATA

'표고버섯과 레몬 페페론치노 파스타'는 이 가게 사토 셰프의 레시피입니다.

트라토리아 비콜로레 요코하마(トラットリア・ピコローレ・ヨコハマ)
요코하마 시 시니 구 히라누마 1-40-17 몽테베르데 요코하마 101
(横浜市西区平沼1-40-17 モンテベルデ横浜 101)
☎ 045-312-0553
http://bicolore.jp

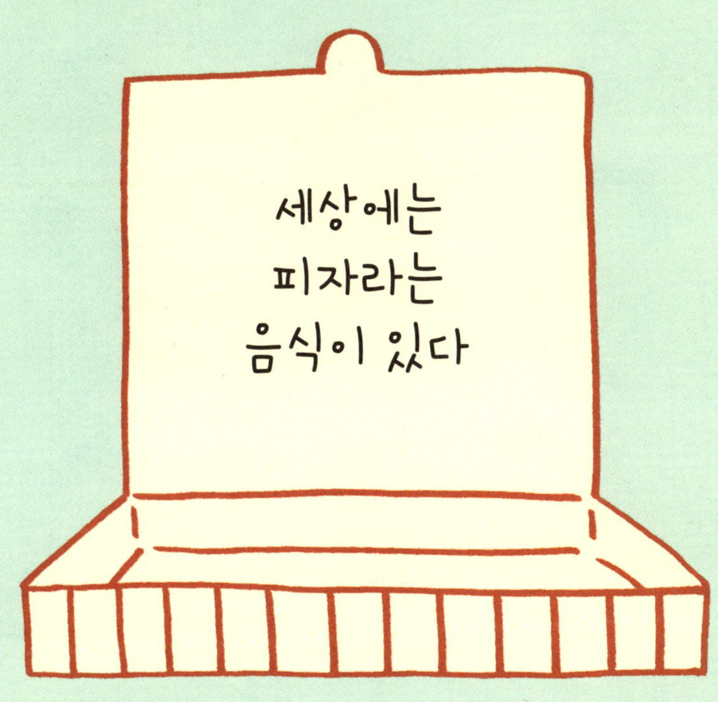
세상에는
피자라는
음식이 있다

머리 까만 생쥐가!!
우혜혜…
치즈 훔쳐 먹는 중
그 영향 인지 저는 치즈를 좋아하는 아이 였어요.
「톰과 제리」 였는 데요.
검은 빵에 염소젖 치즈
기다려 제리~
어린 시절 좋아했던 만화영화는 「알프스의 소녀 하이디」나,
피자 먹어보고 싶어~.
저기저기~ 있잖아~.
응?
먹?
그게 어떤 음식인지는 알 수 없었지만 맛있게 보여서 부모님께 졸라봤 어요.
PIZZA
신게 팔뚝!!
뜨거운 치즈가 쭈욱~
그런 제가 세상에 '피자'라는 음식이 있다는 걸 알게 된 건 아홉 살 때 였습니다.
우동
어서 오세요
우우… 피자 아….
아빠가 양식을 싫어함
냉동생
언니
우리 집은 가끔 외식을 하더라도 우동집 아니면 중국집을 가서 피자는 먹을 수 없었죠.
피자 배달입니다~
하지만 그 당시에는 편리한 배달 피자도 근처에 없었고,
아마 배달 피자가 아예 없었 던 듯

양식점에 갈 수 있는 기회!!
아빠가 없는 외식(거의 드문 일) 이라니,
와아~
근처에서 밥 먹고 갈까?
백화점
그날은 언니랑 같이 주판시험을 보러 갔다가 돌아오는 길이었는데 엄마가….
그러던 어느 날 천재일우의 기회가 찾아왔어요!
피자 주세요.
웅성 웅성
으음 미트소스 스파게티 2개랑….
그리고 기대하던 대로 이 가게에는 피자가 있었어요.
나오코는 피자 먹을래!
와아~ 피자가 있다~~!
그라탕 도리아 피자 옥수수 수프
미트소스 스파게티 먹고 싶어~
레스토랑 아사히야
↑2F
파자 피자~
피자가 있으려나?
이렇게 역 앞의 양식 레스토랑에 들어갔어요.
드디어 꿈꿔왔던 피자를 먹게 된다니!!
이글
이글
늦게 나와도 되니까 피자 주세요….
피자! 피자아!!
시간이 걸려도 되니까 피자 먹을래!!
피자는 시간이 좀 걸려서요….
오븐이 꽉 차 있어요~
하지만 ….

설마 했던 피자여 굿바이!!
우아~~ 앙.
죄송합니다.
어쩔 수 없네. 다른 걸 고르렴.
죄송합니다. 역시 피자는 어렵다고 주방에서~.
하지만 조금 시간이 지난 뒤였어요.
메뉴판
그 후 피자와의 만남은 의외로 빨리 이루어졌습니다.
냉동 피자
피자… 피자… 피자… 피자… 피자….
술래잡기 하는 거 아님
집에 돌아와서도 계속 꽁해 있었는데요.
피자아…
우우…
…
바로 앞에서 피자를 놓쳐버린 충격이 너무나 커서….
결국 미트소스 스파게티를 시킴
처음으로 먹어본 피자는 나름 감동적 이었습니다.
와아~ 치즈가 쭈와악!!
피이자로구나
맛있어!!
그래도 오븐에서 구워지는 걸 빤히 바라보며 기다렸어요.
치지직
좋은 냄새~.
슈퍼에서 파는 냉동 피자긴 했지만요.
두근 두근 두근
아직 인가~.

피자
피자 파자!!
피~~자
!!
냉동 피자
어린 시절에는 그저 피자를 먹는 것 만으로도 좋았지만,
땡
쫀득한 피자도 좋지만~.
지금은 피자를 파는 곳도 늘었고 제 입맛도 고급스러워 졌어요.
후후
화덕 Pizza
MENU
마르게리타
몬테비안코
마리나라
오르토라나
멜란자네
콴트로 포르마주
스카모르자 아푸미카타
로마나
비스마르크
어쩌고 저쩌고
...
하지만 어려운 피자 메뉴를 보고 있자면,
이것만 주문하게 됩니다.
으~ 음, 저기... 그... 마르게리타 주세요.
사고가 정지해 버려서,
바삭하게 구운 피자가 내 취향 이야~.
지금도 피자를 좋아해요!!
조금 호화 롭게
냉동 피자에 바질을 토핑!!
바질
베란다에서 길러요~
화덕이 있는 친구네 집에서 피자 파티
와구 와구
와구
좋아하는 재료를 얹어서
meiji PIZZA

…
꼼지락
꼼지락

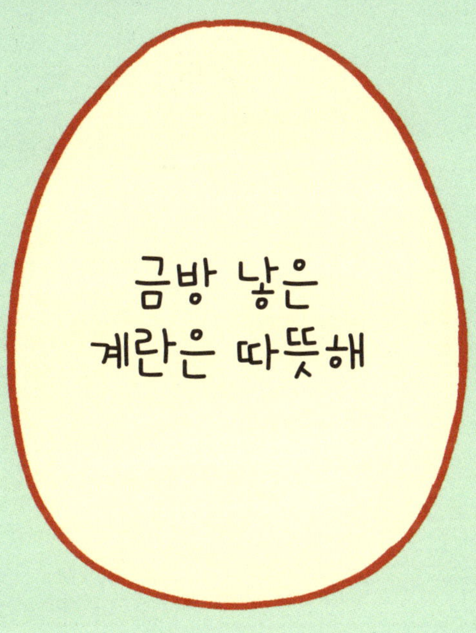
금방 낳은
계란은 따뜻해

아직 유치원생 이었을 때 부모님을 졸라 병아리를 샀습니다.
어쩔 수 없네~.
어서 오세요~
뭐어~
병아리 사줘어~~!!
사줘 사줘어~~!!
삐약
수컷 200엔 암컷 300엔
옛날 축제에 가보면, 병아리를 파는 노점이 있었어요….
병아리
웅성
보통 사람 눈으로는 알 수 없었어요.
집에서
글쎄….
어느 쪽이 수컷이고 어느 쪽이 암컷이지?
삐약
귤
가게 아저씨가 병아리의 엉덩이를 보고 수컷인지 암컷인지 구분해서 줬지만….
암컷!!
네에, 그럼 수컷이랑…
한 쌍으로 주세요.
뽕
뿅
삐약
원래 목수 일을 하셨던 아빠가 근사한 닭장도 만들어 줬습니다.
모이 넣는 곳
하지만 성장하면서 커다란 쪽이 수컷이라는 생각이 들어서,
라고 이름을 지었어요!!
아마도 암컷 피코
아마도 수컷 피키
점점 하얀 깃털이 자랐음
날씬
듬직
듬직

먹이는 커다란 포대에 담긴 사료를 사서 줬는데요.
옥수수가 들어 있음
영차.
배합
20kg
닭 사료
언제나 식욕이 엄청 났습니다.
특히나 피키가
먹어, 밥이야~~.
우적
우적
우적
우적
마당에 풀어뒀더니 지렁이나 벌레, 잡초도 잘 먹고,
우적
우적
냠냠
사람이 남긴 밥까지 가리지 않고 맛있게 먹었어요.
끈적
어느 날의 잔반, 낫토 밥
무럭무럭 자라 깃털이 새하얘지고 볏이 생길 무렵….
여기랑
여기
체격이 좋은 쪽이 암컷이었던 것으로 판명되었습니다.
이쪽이 수컷 이잖아!!
주렁
주렁
어라?!
꼬오~
….
수컷은 볏이 더 길다

 금방 낳은 계란은 따뜻해

똥피 토피
이쪽이 똥피
두 둥
그걸로 아빠 마음대로 이름을 지었다는 게 판명 났습니다.
그러던 어느 날 아빠가 이름표를 만들어 닭장에 붙였는데요….
꼬오
피코에서 개명 피키
(아빠의 마음속에서는 토피)
피키에서 개명 피코
(아빠의 마음속에서는 똥피)
번 쩍
잘생 겼음
두 마리는 무사히 병아리에서 닭으로 성장!!
이렇게 이름을 짓는 걸로 다투기도 했지만,
근데 암컷이면 피코라고 해야 하는 거 아니야?
똥피가 아니라 피키란 말이야!!
어느 날 갑자기 알을 낳았습니다!!
피코가 알을 낳았어~!!
통
그리고 피코는….
우와 ~!!
꼬끼오… 꼬꼬… 꼬끼 꼬… 꼬꼬오…
피키는 수탉답게 울음소리를 연습하기 시작 했어요….
처음에는 잘 못했음

그걸로 계란말이를 만들어서 먹어 봤습니다.
와아~♥
탱글
알을 깨보니 반짝반짝 예쁜 모양 이었고,
피코가 처음 낳은 알은 굉장히 작았지만….
우와~ 아직 따뜻해~♡
따끈
여러분, 닭이 알을 낳는 장면을 본 적 있으세요?
어느 날 오전 7시
꼬끼오~
꼬꼬꼬…
꼬끼오~
그 후로도 피코는 매일같이 알을 낳았는데요.
어린 마음에도 굉장히 맛있는 계란말이 였어요.
거기에서 하얀 게 살짝 보이기 시작해요.
꼬오~
꼬오~
번쩍
엉덩이
닭은 알도 배설물도 총배설강 이라는 곳에서 나오는 데요….
괴로운 듯이 울음 소리를 내기 시작합니다.
꼬끼오~
꼬꼬꼬…
시간은 보통 아침에서 점심 사이.
견학 중
빤히

따끈 따끈한 계란이 탄생 합니다!
오오!!
퐁
꼬오
으아아.
시간이 지나면 흰 부분이 점점 커지고,
피코의 알로 만든 날계란 밥은 차원이 다른 맛 이었습니다!!
쯤쯤 씹어가며 먹으렴
저는 날계란 밥을 좋아하는 아이였는 데요….
후룩 후룩 후르룩
우와~~!! 계란, 계란~!!
가져 왔어~~!
어머~
우리 집만의 암묵적인 룰 계란은 발견한 사람이 임자
피코의 몸이 커질수록 알도 점점 커져만 갔습니다.
두 둥 웅
맛이 없을 리가 없죠!!
피키는 여전히 스마트함
꼬오
먹이도 가리지 않고 마당을 자유롭게 다니면서 건강하게 자란, 통통한 닭이 금방 낳은 계란이 었으니까요.
우적 꼬적
부스럭 부스럭

이렇게 우리 가족에게 행복한 계란 생활이 찾아오는 듯했지만…
이날의 아침 식사는 김에 날계란을 묻혀 먹는 낫토 밥
맛있다.
이것도 좋아함 ♥
이런 일도 드물지 않았고요.
굉장해!! 노른자가 2개나 들어 있어~!!
아~
뽀각
까아~!!
꼬끼오~!!
성장하면서 점점 거칠어지더니 결국에는 사람 얼굴만 봐도 덤벼 들어서,
파닥
파닥
우왕
어째서인지 늘 제일 먼저 건드렸음
예상 외의 사태가 일어 났으니 그건 피키였습니다.
꼬오~
번 - 뜩
마당도 무서워서 마음대로 드나들지 못하게 됐어요.
와앙~ 아빠. 피키를 닭장에 넣어줘~!!
이리 온, 이리 온
…
와아~ 피키가!!
꼬오
병순이 →
킥!!
옛날이시만 그 후에 읽은 사사키 노리코의 만화 『닥터 스쿠르』에 나오는 수탉의 흉포함이 말이죠.
엄마도 무서워함
피키랑 똑같잖아!
…어쩐지 조금 기뻤음
중학생 시절
가족 중 건드릴 수 있는 건 아빠뿐이었음
회람판
차인 자국

'한 쌍을 키우면
알을 품지 않을까?'라고
생각도 했었는데요….

삐약

삐약

꼬
오
ㅡ

꼬
오
ㅡ

꼬

꼬

똥
피
토피

거
창
..

아빠
꺼내줘어~!!

우아앙~
무서워서
못 꺼내
겠어~.

그래서
알을
꺼내는
것도
힘들어
졌고요.

몇 년 후에 피키,
그 뒤에 피코가 차례로 죽으면서
우리 집의 갓 낳은
계란 생활도 막을 내렸어요.

꼬꼬

꼬꼬

밟아서
깨버리는
피코

으윽!!

빠
각

몇 번인가
알을
그대로
놔뒀지만
알을 품는
일은
한 번도
없었습
니다….

라는
생각을
하곤
합니다.

꼬
끼
오
ㅡ

고
마
워~

어딘가에서
암탉이
힘들여
낳은
거겠지~.

그리고
계란을
먹을
때는

언젠가
마당이 딸린
집에 살게 되면
암탉을
키워보고
싶어…

※ 수탉은
무서우니까
싫음

'갓 낳은 계란은
굉장히
맛있었다…'는
기억 때문에
다시 한 번
먹어보고
싶다는
생각을
종종해요.

1
와아~ 귀엽다~ 병아리와 나오코.
폭신 폭신
삐약
굴

2
자아 여기여기!!
살짝 어른이 된 병아리와 나오코.
아하하!!!
삐약 삐약

3
어서 어서!!
꼬꼬
닭장에 들어가야지!!
거의 어른이 된 병아리와 나오코.
푸득 푸득

4
꺄아!!!
꼬꼬
퍼억
꼬끼오오오
완전히 어른이 된, 원래는 병아리와 나오코.

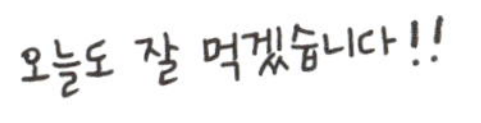
오늘도 잘 먹겠습니다!!

꼬륵

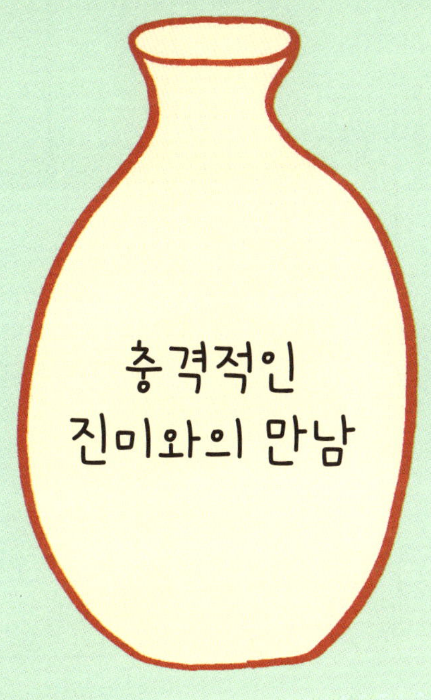
충격적인
진미와의 만남

※진미: 일본에서는 희귀한 식재료로 만든 음식, 또는 겉보기와 맛이 전혀 다른 진귀한 음식을 말하기도 한다.

※ 역자주: 일본어의 팔까 보냐(売るか)라는 단어와 동일한 발음이다.

잠깐 확인해 볼게요.
타닥
아, 네!
그… 그건~
진미 3종 모듬 700엔
가다랑어 내장젓갈
데친 불똥꼴뚜기
훈제 무 절임
저… 저기 얼마 전에 왔을 때는 여기에 우루카라는 메뉴가 있었는데요~.
역시나 물어보고 볼 일, 무사히 우루카와 재회하게 되었습니다.
이번에 저희 가게에 들어온 우루카는 이게 마지막이에요.
와아!!
살짝 곰빼기는 서비스♡
짠~잔!
아직 조금 남아 있었네요!!
에헤~.
하지만 이날도 역시 술이 술술 들어갔습니다♡
딸꾹
딸꾹
여자 주정뱅이
으윽~ 왜 이렇게 쓴 걸까….
그… 그래 이 쓴맛….
할짝…
하…
찔끔
찔끔
그리고 역시 쓰긴 썼어요….

은어 우루카 통신판매!!
쓴 우루카(70g)
2,980엔
흰 우루카(70g)
2,980엔
어디서 사든 꽤 비싸구나….
음~ 고급 진미…
검색해보니 우루카를 통신판매하는 데가 몇 군데 있긴 하네….
딸깍 딸깍
그래서 요즘엔 우루카와 만나지 못하고 있답니다.
하지만 그 후로는 그 가게에 우루카가 들어오지 않았어요.
어쩐지 그 쓴맛을 다시 한 번 맛보고 싶어지는 신기한 진미입니다.
꺄 아―
찔끔 찔끔
할짝
할짝
우루카 한 병은 절대로 다 못 먹을 것 같은데….
저도 우루카가 맛있는 건지, 아닌지 아직은 잘 모르겠어요….
가끔가다 조금씩 먹는 정도가 딱 좋을 거 같아….
쓴단 말이지…
건배
여기도 우루카는 없네….
다른 가게에서도 진미를 체크하고 있습니다.
메뉴
준비중
우우우
그 가게(집 근처)
다시 우루카를 취급해줘~~.
그래서 다시 판매해 달라고 그 가게에 염원을 보내며,
지나가는 길

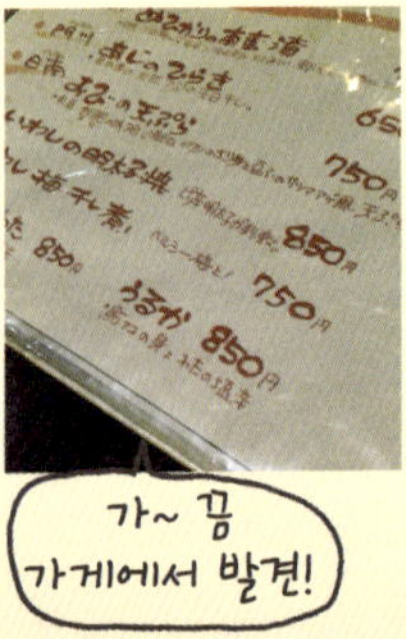

그 후로도 처음 우루카와 만난 가게에서는 우루카를 팔지 않았고,
없네...
흐음...
진미 메뉴

언젠가 시마네 현 특산물 가게에서 우루카를 발견해 사게 됐어요.
니혼바시 시마네관

오래간 만에 먹는 우루카는 역시 썼고요.
다른 가게에서도 우루카를 볼 수 없었는데요....
우와~ 쓰다!!
반 스푼 정도면 술 한 홉을 마실 수 있네!
짤끔
짤끔
술

요리에 쓸 수 없으려나....
전부 먹으려면 시간이 좀 걸릴 것 같습니다....
.....
우루카

드디어 우루카를 샀어요!!
쪼끔
코으~!!
우루카도 종류가 많아요~
우루카다?!!
가~끔 가게에서 발견!
드아~
너무 마셨다

나에게 주는 선물,
일본 최고의
오징어젓갈

하아~
온천
최고!!

숙소는 아타미 남쪽에 있는 아지로 온천이라는 곳이었어요.

와아~
바다다,
바다!!

쏴아~

쏴아~

↑언니

↑숙모

여자 세 명이서

올해 4월에 이즈로 1박 2일 여행을 갔습니다.

○○ 상점

건어물 가게

건어물 가게

건어물 ○○

긴자라고는 해도 점포는 10개 정도…

아지로 온천 근처에는 '건어물 긴자'라고 하는 건어물 가게가 늘어선 골목이 있어서,

우헤헤

일본주→

우헤헤~

밤에는 명물인 금눈돔 조림을 먹어서 좋았습니다♡

오징어 머리 부분을 이용한 젓갈로 마음이 내킬 때만 만드는 추천 상품이라고 했어요.

오늘은 머리가 들어간 젓갈이 있어!!

오오, 보는 눈이 있구먼!

머리

젓갈

오징어 젓갈

수제

이 젓갈 하나 주세요.

그중 한 가게에서 저를 위한 선물로 오징어 젓갈을 사기로 했어요.

이렇게 한 병만 사서 돌아 왔는데요.
제가 혼자 살아서요~.
이건 정말로 일본에서 제일 맛있는 젓갈이라고.
날이면 날마다 있는 게 아니라 니까!!
젓갈
뭐어?! 한 병으로 되겠어?
오오~ 그럼 머리가 들어간 걸로 하나 주세요.
1000
머리
한 병에 700엔
젓갈
이따금 느껴지는 오독한 식감…. 이게 머리인가…?
뭐… 뭐지, 입안에 퍼지는 농후한 오징어의 풍미….
오독….
맛있다 !!
집에 가서 바로 먹어보니,
오징어 젓갈
아아… 왜 한 병만 산 거지.
이틀 반나절 만에 다 먹어 버렸습니다.
바보, 나오코는 바보야!!
진짜 맛있어!!
냠 냠 냠 냠 냠
푹 빠져서 밥 위에 얹어 계속 먹었 더니….
오징어 젓갈

뭔가 입안에서 오징어가 살살 녹는 그런…!!
이게 아니야!
오징어 젓갈
이거 맛있어 보인다.
명란젓
젓갈
오징어젓갈
연어알
그 후 오징어 젓갈이 먹고 싶어 슈퍼에서 사봤지만….
그 아저씨의 솜씨가 굉장한 건지 머리가 들어가서 맛있었던 건지는 잘 모르겠지만요….
이건 조금 고급스럽다고나 할까~
음~ 이건 이것대로 맛있지만 역시 좀 달라~.
여긴 어떨까나?
고맙습니다
수제 오징어젓갈 있습니다
말린 전갱이
직접 만드는 가게에서도 사봤지만….
아아, 하느님. 언젠가 그 오징어 젓갈과 만날 수 있게 해주세요~!!
한 병으로 되겠어?
으~ 음….
머리가 들어간 젓갈을 만들어 뒀어야 한다는 거지?
그 오징어 젓갈을 먹기 위해서는 말이지. 다시 그곳에 갔는데…. 마침 그 아저씨가 마음이 내켜
RUN

오징어젓갈 * 꼬르륵 DATA

꼬르륵~!!
꼬르륵~
꼬르륵~
꼬르륵~

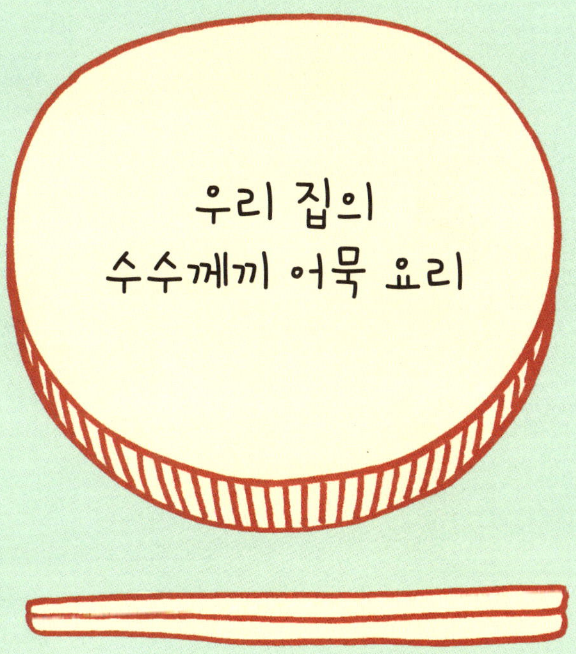

우리 집의
수수께끼 어묵 요리

가끔
부모님의 입맛을
이해하지
못할 때가
있지 않나요?

예전에
미에 현에
사시는
부모님이
상경하셨을 때,
근처 유명 가게
에서 소시지를
산 적이
있어요.

조금 비싸지만
여기 소시지는
맛있으니까.

독일풍 수제 소시지·햄

네~에

이런 건
평소에 잘
못 드셔봤을
테니까
기뻐하시겠지?

이거랑
이거, 이거
3개씩
주세요♡

그리고
맛있게
구워
아침
식사로
드렸는
데요.

계란프라이와
함께

맛있구면.

냠

냠

냠

8시 뉴스
입니다

나오코야,
이거 억수로
맛있구면~.

예상
대로
부모님은
좋아
하셨어요.

요즘 이게
맛있어서
가끔 사러
간다 아이가~.

에헤헤
그렇지.

※미에
사투리

엄마는
이런 거
처음
먹어
본다~.

이런 건
미에에서
안 팔겠지?

그래~?

진짜 맛있네~
이 겨자♡

털~썩

그럼 엄마한테 주그라♡
나오코, 이거 이제 필요 없지?
아… 응.
너무 많이 바름
싸악
소시지가 아니라 그거 였나!!
이런 건 미에에서도 억수로 많이 판다 아이가!!
모르겠구먼
안 팔지 않나
슈퍼에서 사 온 평범한 홀그레인 머스터드엿음
홀그레인 머스터드
와사비 겨자
스파이스
이거 봐, 원래 팔고 있지 않나!!
머스톨터레드인
머스톨터레드인
짠악
붉은 된장
어머 몰랐네
미에 현의 명예를 걸고 말하건대, 그 후 미에 현의 슈퍼에서 확인해본 결과 확실히 팔고 있었습니다.
냠 냠
꿀꺽
이거 밥에 얹어 먹어도 맛있구먼~.
뭐야 이게 양념장도 아니고~
으어~.
샐러드에도 말이다~ 요즘엔 식초가 아니라 레몬 과즙을 뿌리고 있다.
…
레몬 과즙으로 만든 미역 초무침
철벅
철벅
엄청
큰 병으로 사서 여러 요리에 엄청 쓰는 것 같더라고요….
병에 든 레몬 과즙!!
레몬 100% 과즙
교향 집에서는 종종 음식 열풍이 일어나는데 어느 날 돌아와 보니 이게 엄청난 열풍을 일으키고 있었어요!!

그…
그렇게
많이?!
우와!!
철벅
철벅
나오코,
연어에
레몬 뿌릴래?
그럼
조금만….
번뜩
그냥
대충
만들었어.
엇…
이게 무슨
요리야?
척 보기에는
잘게 썬
어묵, 파,
잔멸치에
레몬 과즙과
가다랑어포를
넣어
무친 것
같은데….
응?
두~둥
그리고
급기야
이런
요리도
등장.
그렇게
앉으시더니
식탁 위를
보고
주저 없이,
빤히
철썩
드득
드득
그때
아빠
등장.

적당히~
알았어~
이… 이거 후리카케처럼 밥에 뿌려 먹는 거였어?
쩝
쩝
쩝
대답 없음
그래서 스푼이 딸린 건가?
앗!
그 수수께끼의 요리를 밥 위에 올려 드셨어요!!
어느 때는 웨하스가 인기였습니다!!
에이 이거 ○○드럭스토어에서만 파는 거야~
아삭
아삭
앙
철분 웨하스 30봉
칼슘 웨하스 30봉
← 큰 봉지
이렇게 자주 생각지도 못한 음식에 꽂히는 우리 부모님인데요.
'얹어 먹을래?' 라는 말도 하나 없이…
하지만 뭐지, 이 적당~ 한 느낌은….
따라 해보니 그럭저럭 맛있었어요.
쩝
쩝
쩝
철벅
철벅
아빠의 언어에도 레몬 과즙을 철벅철벅 뿌렸음
머스터드도 하나도 안 먹었네!
밥에 얹어 먹는다며!!
잊어 버렸네~
여러 가지 것들이 묻혀 있는 우리 집이었습니다.
BEER
두유
와아~ 유통기한이 지난 레몬 과즙이 2개나!!
레몬 열풍이 지나갔구나!!
레몬
레몬 과즙
100%
열풍이 수그러드는 건 의외로 또 빨라서…
그다음에 귀성했을 때

어느 날 집에서는 오크라가 들어간 오코노미야키가 유행하고 있었습니다.
요즘에는 오크라가 들어간 오코노미야키가 맛있어서 그것만 만들어 먹는다!!
바삭바삭 맛있어서 아빠도 좋아한다 아이가~.
몇 번 만들어도 절대로 실패하지 않는다!!
계속 그 얘기를 하셔서…
오오~.
엄마, 오크라가 들어간 오코노미야키 만들어줘~.
먹어보고 싶다♥
라고 말하니….
집으로 돌아간 어느 날….
오크라가 들어간 오코노미야키?
오크라가 들어간 오코노미야키? 음… 다음에.
완전히 열풍이 지나 있었습니다.
헛.
휘익
결국 먹지 못했음
엄마가 만든 어묵, 잔멸치, 파, 레몬의 수수께끼 요리를 재현해 봤어요~
밥에 얹어 먹으면 확실히 맛있음…
냠냠
부모님이 감동한 머스터드
머스터드를 얹은 밥
?

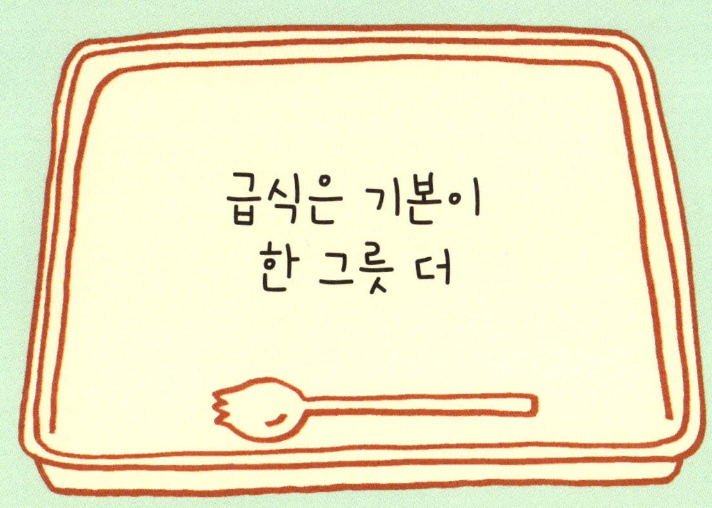
급식은 기본이
한 그릇 더

저는 어린 시절부터 먹성이 좋은 아이 였는데요.
아빠의 안주를 훔쳐 먹고 있음
부시럭
부시럭
오징어
땅콩
편식도 하지 않아 학교의 급식도 좋아 했어요.
잘 먹겠습니다!!
꼬드학교 때의 나
잘 먹겠습니다.
손을 모아주세요.
당번
짜-악-
짜작
늘 배고파 한데다 먹는 것도 빨랐습니다….
맛있다
맛있다
냠
냠
그래서 언제나 한 그릇 더.
우 헤 헤 …
앗.
벌떡
다카기가 또 먹으러 가네.
여자 주제에 제일 먼저 달려가는 거야?
빠르다
흥.
너무 빨리 먹는다고 이렇게 놀림받기도 했지만요….
특별히 신경 쓰진 않았습니다.
크림 스튜~
더 먹는 게 중요함!!
3-4

부드러운 면의 미트소스 스파게티
소금 맛 야키소바
딸기 바바루아
커피 젤리
어묵이 들어간 야채 튀김
미역 밥
햄버그스테이크
핫도그
튀긴 빵
프루츠 요구르트
저는 좋아하는 메뉴가 너무 많았기 때문에 무엇을 제일 좋아했었는지 고르기가 어렵지만,
급식으로 나오는 순한 맛 카레
지금도 그런가요?
당시 급식시간에 제일 인기가 있었던 건 역시 카레라이스였어요.
햄, 옥수수, 파슬리에 계란이 듬뿍 들어간 하얀 수프로 굉장히 맛있었는데요.
걸쭉했음
이번 달의 급식 메뉴
와아 오늘은 포민톤이 나오네!!
은근히 자주 나왔음
잊을 수 없는 건 '포민톤'이라는 메뉴.
그건….
꿀꺽
….
그렇게 급식 라이프를 즐기던 저에게도 싫어하는 메뉴가 있었으니…
포민톤은 뭐였던 거지?
그건 환상이었나?
초등학교 이후로 이 '포민톤'이라는 메뉴를 본 적이 없습니다.

게다가
자주
나왔
습니다….

….

두 ― 웅

어린이
급식에는
어울리지
않는
까맣고
큼직한 게
나오곤
했었죠.

두~웅

다시마
말이!!

으으.

살짝
…

뭔가
밧줄 같은
모습도
질긴 식감도
싫어서,

다시마도
속에
들은 것도
좋아하지
않았지만
특히나
싫었던 건
다시마를 말고
있는 박고지!!

으아
!!

우적

우적

당시에는
낭기면
혼났음

쩝

우적

우유와 함께
억지로
밀어 넣곤
했어요.

작은
선물상자처럼
만들어
놓고….

최대한 작게

으적
…
으적

일단
먹을 수
있는
부분을
먼저
먹은 뒤,

아빠가 좋아해서 설 요리에 자주 넣음
하나 먹어 볼까
BEER
눈앞에 있으면 먹어도 괜찮다고 생각할 정도로는 좋아하게 됐습니다.
다 시 마 말 이
어서 오세요
원조
대형
다시마 말이는 지금도 잘 사지 않지만요.
....
사람들이 먹보라고 생각하는 것도 부끄러우니 좀 이따가….
음~한 그릇 더 먹고 싶은데….
무슨 스탠딩 파티 였던 듯
웅성
웅성
힐끔
힐끔
하지만 한 그릇 더 먹는 버릇은 부끄러워서 요즘은 잠잠해졌어요.
아 하 하
역시 그때는 배가 고팠던 시절이어서 그렇게 맛있게 느껴지지 않았나~ 하는 생각이 듭니다.
급식카페 같은 데 가면 먹을 수 있으려나.
그런 데가 실제 있음
좋아했던 급식도 한 번 더 먹어보고 싶지만,

인터넷에서 검색해 포민톤 수프 레시피를 찾았어요!!
☆ 인기 급식 레시피 ☆ 포민톤 수프
미에 현의 어느 초등학교 홈페이지
오오!!
냉비에 햄, 옥수수, 크림, 치킨스톡을 넣은 뒤 불을 켜고 물과 녹말가루, 계란물, 파슬리를 넣어 소금과 후추로 맛을 조절하면 완성.
그래~ 이 맛이야~
레시피대로 만들어보니 옛날 그대로의 맛이었어요...
알루미늄 재질
흥에 겨워 급식 식기 세트를 샀습니다...
잘 먹겠습니다!!
짝
손을 모아 주세요.
거기에 담아봤더니 급식 기분을 느낄 수 있었어요.
만들어봤다!! 포민톤
짠? 안
만든 김에 다시마 말이 급식도 재현함
튀긴 빵도 샀어요
급식 당번~
에 헤 헤

우동파?
메밀국수파?
그것이 문제로다

아무런
불만도
의문도
없는…
편안한
음식이라는
느낌이
었습니다.
후루룩
가족도
저도 우동을
좋아했고
언제나
가까이에
있어서,
점심엔
우동 먹을까.
우리 집은
외식
할 때면
주로
우동집에
갔어요.
좋아요!!
엄청
좋아함
와아!!
메밀 국수
메밀국수
메밀국수
자주
보이는 건
메밀국숫집
뿐…?
하지만 도쿄에는
우동집이
별로 없네….
두리번
두리번
우동
먹고 싶다….
머엉
어른이
되어
도쿄에
혼자 살아도
역시나
우동이
먹고 싶을
때가
있어요.
꼬륵
두둥
어라?
연한 갈색
국물이
아니잖아…?
오래
기다리
셨습니다~.
그리고
나온
우동을
보고
깜짝
놀랐어요!
음~
산채
우동으로….
네.
그러던
어느 날
우동도
하는
메밀국숫집에
들어가
봤습니다.

가게를 나와서도 한동안 멍하니 있었습니다.
수타 메밀 국수 우동
안녕히 가세요~
메밀 국수 우동
?
??
그리고 겉보기에만 그런 게 아니라 맛도 면의 식감도 고향의 우동과는 조금씩 달랐어요.
어라...
어라라?
후루룩
후룩
서쪽과 동쪽 식문화의 차이였던 거죠.
어라라...
어라...
후루룩
하지만 나중에 다른 가게에서도 우동을 먹어보니 같은 맛이었어요.
조금 특이한 가게였나?
이음...
뭐, 뭐였을까... 이런 우동은 처음 먹어보는데....
수타 메밀국수
메밀국수
짜악
와아
메밀만주
이렇게 메밀국숫집이 늘어서 있는 건 처음 봐!!
진다이지 메밀국수
여기는 메밀국수가 명물이라 참뱃길에는 메밀 국숫집이 가득했습니다.
겨울
휘잉
와~아!!
그러던 어느 날 친구와 조후 시에 있는 진다이지(深大寺)로 놀러 갔습니다.

저희 고향에는 메밀국수 전문점이 별로 없어요.
우동
수타 우동 메밀 국수
우동집이지만 메밀국수도 살짝 하는 정도
우동 메밀 국수
메밀국수는 가~끔 아빠가 시키는 어른의 음식이란 느낌이 었어요.
여름에 가~끔 시킴
아빠는 오늘 냉메밀국수로 할까.
헤에~ 오래 간만에 먹네.
나오코는 튀김 우동!!
나도 튀김~
아니면 연말에 먹는 해넘이 메밀국수 정도.
집에서 만듦
됩니다 메밀국수로도
우동
메밀국수 문화는 잘 모르지만 이왕 온 거니 친구와 함께 메밀국숫집에 들어가 봤어요.
음~ 그럼 냉메밀국수로 먹을까.
도쿄 출신
이렇게 추운데 냉메밀국수 라니?!
온메밀국수를 먹으면 너무 연말 같잖아.
온메밀국수는 연말에만 먹는다고 생각함
때~ 앵
아하하 지금 1월인데~
…응?
오리 계란 튀김 부스러기
붓 메밀국수
온메밀국수
참마 냉메밀국수
판 메밀국수
튀김
제대로 된 집에서 메밀국수를 먹어본 적이 거의 없었던 저….
헤헤.
후룩 후룩
도쿄에 와서 조금 어른스러운 음식을 먹고 있다는 기분이 들었어요.
면수입니다.
두둥
그리고 면수가 등장 했습니다.

친구만 그렇게 먹는 줄 알았음…
여기에 넣어서…
정엇, 말요기!
이거 봐!!
둥
아하하 국수장국에 넣어 먹는다니 장난치는 거지~!!
메밀국수를 끓인 물이야, 남아 있는 국수장국에 넣어서 먹으면 맛있어.
며… 면수가 뭐지… 어떻게 먹는 거야?
어, 몰랐어?
찻잔을 하나 더 받아야 되나?
셀프 사누키 우동
도쿄에 있는 사누키 우동 전문점
이건 이것대로 좋아하지만~
이건 다른 차원의 우동이랄까~!!
으~ 음 사누키 우동도 맛있지만.
그 후로도 고향의 우동을 향한 마음을 끊지 못하는 저였지만요.
이상한 식문화네….
메밀국수에 관해 잘 모르니 사실 어땠는지 잘 기억나지 않아요….
꿀꺽
꿀꺽….
왜냐고 물으신 다면….
메밀 국수
사실 메밀국수를 아주 좋아하게 되었습니다.
우후후….
요즘의 저는….
도쿄에 와서 15년 이상의 세월이 흐르니,

도쿄에 살면서부터 예전에는 잘 가보지 못했던 도호쿠나 신슈로 여행을 갈 기회도 많아졌는데요.
도쿄
그런 곳은 대부분 메밀국수가 명물이어서,
흐음~ 메밀국수가 명물이래.
그럼 점심은 메밀국수로 먹자~.
명물 메밀국수
100%
누타 메밀국수
유명인가봐
MAP
여행 기분도 겹친데다가 그런 곳에서 메밀국수를 먹으니 더 맛있다고 생각하게 되었죠.
연말이 아닐 때 온메밀국수를 먹어도 된다니~
음, 맛있어!
후르르륵
이제는 도쿄에 있어도 가~끔씩 메밀국수를 먹게 되는데요.
오늘은 어쩐지 메밀국수가 먹고 싶네…♡
메밀 국수
꾹꾹
더욱더 좋아진 것은 '메밀국숫집에서 한잔!!'이라는 걸 알게 되면서부터 입니다.
메밀국수 집은 정갈한 안주 메뉴가 많아요.
흐음~ 야채 튀김에 계란말이에 와사비 어묵에 와사비 닭고기….
와사비가 많잖아?
구운 된장에 닭고기 경단, 붕장어에 오리고기 구이….
맛있겠다….
어느 날 메밀국수를 먹기 전에 한잔 마시기로 했습니다.
계란말이랑 간 무를 넣은 산채 메밀국수, 그리고 맥주 주세요~
네
메뉴
(온메밀국수)
국물메밀국수
유부
튀김부스러기
청어
(냉메)
참마
버섯
김

이게 굉장히 맛있더라고요.
으음!!
음, 음!!
후루룩
후루룩
네~
여기 냉메밀국수 하나요~.
적당히 취해서 냉메밀국수를 먹어보니,
BEER
오오, 이 메밀은 쫄깃한 식감이 좋네!!
조금씩 메밀국숫집을 즐기고 있습니다.
메밀국숫집의 계란말이는 왜 이리 맛있을까~
폭신~
일본주
안주를 좋아함♡
맛있는데 또 있으려나
지금은 맛있어 보이는 메밀국숫집을 인터넷으로 찾아보기도 하고요….
라고 생각하곤 한답니다.
하아~ 떡국 맛이 난다~.
후우
우리 집의 떡국
닭고기가 들어감
가다랑어 국물 간장 맛
진한 면수를 국수장국에 타 먹으면 말이죠.
특히나 저는 걸쭉하고 하얀 면수가 좋아요♡
그렇게 메밀국숫집에도 익숙해졌어요.
걸쭉

어느 날
친구에게
그렇게
말했더니
말이죠.

요즘에는
도쿄 토박이답게
메밀국수로
마무리하는 게
좋더라고~.

옛날에는
술을 마시면
라멘으로
마무리했는데….

아하하

메밀 국수

나도
모르게~

형씨이

메밀
국숫집에서
한잔하고 나면
어쩐지
도쿄 토박이가
된 것 같은
기분이에요….

우동

몰론 지금도
우동을
좋아합니다!!

그건
넘어가고요….

….

도쿄
토박이가
된 게 아니라
그냥
늙은 거야?!

두―둥

그건 그냥
나이를 먹어서
그런 거 아니야~?

라멘을
먹으면
더부룩
하니까!!

아하하

저에게
있어서는
'아아,
돌아왔구나~'
라고
안심하게
만드는
맛이에요.

그래,
이 맛이야~!!

풋―

제 생각에
미에 현의
우동은
쫀득쫀득
하면서
부드러운 면이
많은 거
같아요.

우동집
메밀국수

우동

즈륵

우동
우동

엄마
아빠

고향에
내려갈 때면
자주 먹으러
가요.

내가 좋아하는
우동 맛에
가까워~!!!
오사카의 맛
우동
영업중
도힝출
간사이 지방의 가게는 역시나 잘 맞아
도쿄에서도 고향의 맛과 비슷한 우동을 몇 개인가 발견했 습니다.
100엔 우동
셀프 우동
붓카케 우동
까르보나라 우동
토마토치즈 우동
이나니와 우동
UDON cafe
수타 우동
카레우동
사누키 우동
가마아게 우동
'하〇마루 우동'이 생긴 이후로 점점 늘어난 것 같음...
하지만 처음 상경 했을 때에 비하면 도쿄에도 우동집이 많이 늘었고 종류도 다양해 졌어요.
이었지 만요….
우동!! 우동!!
'메밀국수파? 우동파?' 라고 누가 물어 본다면 예전의 저는….
절대로 우동!!
우동파
계속 먹다 보니 이것도 괜찮다니까~!!
후루룩
빠져들 것 같아!!
그리고 까만 국물의 도쿄 우동도 이상하게 가끔은 먹고 싶어져요.
뭐어, 둘 다 맛있어요!!
둘 다 좋아♥
우동 메밀국수
겨울에 먹는 따뜻한 우동은 최고지만 여름에 먹는 냉메밀국수도 최고고, 메밀국수에는 면수라는 덤도 딸려 있고….
으~ 음 역시나 아직은 우동이 더 좋은 것 같긴 한데 메밀국수의 주가도 상승하고 있고…
요즘의 저는 잘 모르겠 어요.
으~음
으~음

1
얼마 전에 다시 진다이지의 메밀 국숫집에 가봤습니다.
소바가키라는 게 뭐야?
맛있는데 먹어볼래?
메밀
국수
2
소바가키 라는 걸 먹어본 적이 있나요?
메밀가루를 반죽해 만든 덩어리 같은 건데요.
와사비 간장과 같이 먹음
3
메밀 회(膾) 같은 느낌이네~♡
소박한 맛이 나는 게 맛있더라고요.
진다이지 맥주
4
라고 새로운 발견을 했습니다.
안주로 먹어도 좋구나~♡
메밀은 술을 마신 후에 마무리로 좋다고 생각해 왔었는데요.
에헤
도쿄 우동의 예
까맣다
소바가키도 맛있다!
미에 우동의 예
맥주를 마시고 메밀국수를 후루룩~
걸쭉~ 하고 진한 면수!

셰프와 참치와
아오모리
미식 여행

담당 편집자인 바바 씨와는 매년 업무 미팅을 겸해 신주쿠 교엔으로 벚꽃을 보러 가곤 하는데요.
잘 받았습니다~
여기 러프 스케치예요
일단 일에 대한 이야기도 하긴 함
올해는 벚꽃 개화 시기가 기록적으로 빨라서 일정상 못 가게 됐어요.
그럼 벚꽃 전선을 따라가면 되는 거죠!!
…라며 황금연휴에 둘이서 아오모리 여행을 가기로 했습니다.
고오오오오

와아~ 아오모리에 가는 건 처음이에요~.
창대열차로 통과한 적은 있지만
장시 후 모리오카~
기대 되네요~!
아오모리
하지만 아오모리를 선택한 이유엔 벚꽃 이외에 다른 것도 있었어요.
저와 바바 씨가 낸 책 중에 『뷰티풀 라이프』라는 책이 있는데요.
오래 기다리셨습니다. 프렌치 토스트입니다.
따끈~
뷰티풀 라이프
뷰티풀 라이프
전 2권
거기에 상경한 제가 호텔 식당에서 조식타임 아르바이트를 했을 때 겪은 에피소드가 나와 있어요.

그 에피소드에 등장하는, 얼굴은 무섭게 생겼지만 맛있는 직원 요리를 만들어줬던 셰프 모모세 씨.
오늘의 밥은 소 힘줄을 넣어 푹 끓인 카레다!!
더 먹어도 돼
와아~
두둥
당시 가난한 생활을 하고 있던 저는 속으로 '도쿄의 엄마'라고 부르고 있었는데요….
물론 남자였음
독자들도 많은 의견을 보내주셨어요.
모모세 씨가 만들어준 직원 요리가 정말로 맛있어 보였어요.
모모세 씨가 만든 프렌치토스트를 먹어보고 싶네요.
얼굴은 무섭게 생겼지만 다정한 모모세 씨가 좋습니다!!

아무리 봐도 본인!!! 으로 생각되는 레스토랑 소개 기사를 발견했습니다.
두~둥
!!
당신도 우미보즈의 포로가! @ 아오모리 시
사진미 있었음
어느 날 인터넷을 검색해 봤는데요….
그러고 보니 하야세 씨는 지금 뭘 하고 있으려나….
책에서는 모모세 씨였지만 본명은 하야세 씨였음
Google
그 후에 '고향인 아오모리에 가게를 내고 싶다'고 호텔을 그만둔 뒤 연락이 닿질 않았어요.
제일 먼저 하야세 씨의 가게에 점심을 먹으러 갔습니다.
환영 잘 왔당께 아오모리
신아오모리 역
요석
와, 첫 상륙!!
이렇게 아오모리에 도착한 우리는요….
그래서 그 가게에 가는 것도 목적 중 하나 입니다.
그렇죠~.
그럼 언젠가 만날 수 있겠네요!!
바바 씨에게 이야기를 해줬어요.
아오모리 역 근처에 있는 '우미보즈' 라는 가게에 도착했습니다.
해산물 창작 우미보즈
아, 여기 네요!!
와~ 왔다!!
오랜만에 만나는 거라 가슴이 두근두근 했습니다….
니코니코 토오리
벌써 13년이나 지난 일이니 기억하지 못할지도 모르겠네요….
저는 존재감도 없었고
아오모리 사과
예약할 당시 전화를 받은 점원분께 '예전 호텔에서 아르바이트 할 때 신세를 졌던 사람입니다' 라고 말하긴 했지만요….

※쓰케멘: 진한 국물에 차가운 라멘을 찍어 먹는 일본의 대표적인 라멘 요리.

도쿄에서는 상상할 수 없는 가격이죠….
그… 그런데 이 구성으로 1,380엔은 너무 싸지 않나요?
아오모리 가격?
어떤 요리가 나올지 알 수 없으니 요리가 나올 때마다 두근거리는 게 즐거웠어요.
옆에 곁들여진 가지 페이스트가 맛있어요~.
집에서 만들어 보고 싶어~
반숙 계란이 들어간 간장소스도 맛있네요~!!
그리고 샐러드, 수프, 밥과 함께 돼지고기를 사용한 메인 요리가 등장했어요.
아르바이트했던 호텔에서는 결혼식도 했기 때문에 파티요리를 만드는 걸 본 적도 있는데요.
뿌리채소가 디저트가 되기도 하는군요….
아망 까먹 으니는게
까아~ 굉장한 설탕공예네요!!
챙
챙
그리고 맛있어…
뿌리채소와 콩가루소스를 넣은 파르페입니다.
두둥
하지만 그 뒤에 놀랄 틈도 없이 디저트가 등장했습니다!!
바로 그때 일을 끝낸 하야세 씨가 등장했어요.
여어!!
배부르네요~.
하아~ 잘 먹었다~.
이렇게 여러 요리를 만들 수 있다는 것에 새삼스레 깜짝 놀랐어요.

변한 건 없지만 살이 좀 빠졌네요~
20kg 넘게 빠졌어~
슬림
저를 기억해줘서, 그리고 건강해 보여서 마음이 놓였습니다.
점심 맛있었어요~
알았어
스크램블 2개 추가요
일식 나갑니다~
13년만의 재회였는데요.
오랜만이네~.
오, 오래간만이네요….
아아~ 아…
저기, 하야세 씨!!
응?
그리고 하야세 씨와 만나면 말해야 한다고 생각한 게 있었어요.
지금은 아오모리에서 유명한 가게라고 합니다.
가이드북에도 실려 있음
아오모리
하야세 씨가 아오모리로 돌아가서 개점한 이 가게는 2012년에 이전해서 리뉴얼 오픈했고요.
두근거리며 고백했는데요. 웃으며 받아들여서 다행이었습니다.
뿌우우…
뭐야, 이게 나야~?
와하하
뷰티풀 라이프 다카기 나오코
거기에 하야세 씨를 멋대로 등장시켰어요~.
이, 이름은 다르게 했지만~
코믹 에세이?
뷰티풀 라이프 다카기 나오코
뷰티풀 라이프 다카기 나오코
제가 담당 편집자입니다
저, 그 후에 일러스트레이터가 돼서~ 호텔에서 아르바이트한 걸 코믹에세이로 그렸거든요~.
괜찮으시면 이걸~

하야세 씨는 하야세 씨대로 언젠가는 가게를 열고 싶다는 꿈이 있었던 거예요….
탁 탁 탁
…
주방에서 일하는 하야세 씨를 보면서 손기술이 있다는 건 좋구나~ 하고 부러워 했지만,
기억해보면 그림으로 먹고살고 싶다고 생각하면서도 아르바이트를 했던 당시의 저는요….
디저트에 있던 설탕공예도 굉장했고요.
하 하 하
아~ 그런데 요리가 계속 나와서 깜짝 놀랐어요.
너무 싸잖아요?
오길 잘했네요~!!
하아~ 요리가 정말 맛있는, 좋은 가게 였어요.
방에도 가보고 싶어요~
시간이 흐른다는 건 멋진 거로구나~ 하고 생각했 습니다.
독자들이 '모모세 씨의 프렌치토스트가 맛있어 보여요'라고 자주 말해와요~
말해주면 만들 수 있어요~
sweets
하지만 메뉴에는 없군요…
이렇게 일러스트 레이터로서, 그리고 레스토랑의 주인으로서 다시 만나게 되다니,
히로사키 벚꽃축제 2013년 4월 23일~5월 6일
환영 히로사키 벚꽃 축제
벚꽃은 아직 봉오리 상태였어요.
저… 전혀 피지 않았어~.
부푼 마음을 안고 갔지만 그해 아오모리는 아직 추웠습 니다….
그리고 또 하나의 목적인 히로사키 벚꽃 구경을 위해 렛츠 고~!!
와아~~!!
덜컹 덜컹 덜컹

깜짝 놀랄 정도로 많은 노점이 늘어서 있어 상점가 같은 분위기였어요.

우라식당
와아~
라멘
와아
부흥
월드 오토바이 서커스
월드 오토바이 서커스
월드 오토바이 서커스
식당
두근두근 랜드
주화
생맥주
라멘 우동 돈회
꼬치
어서 오세요
와아
와~!!

하지만 히로사키 공원 안에서는 벚꽃축제가 개최 중이 었습니다!!

그리고 히로사키 성에도 가봤어요.

이야~~!!

진짜 가게처럼 제대로 된 구성 이네요~.

식당
귀신의 집
라멘
생맥주
사과 라멘
휘잉
회오오
굉장하네…
오므라이스

우와~ 굉장히 멋진 귀신의 집이 있어요~~!!

북쪽 지방의 기분을 맛보기 위해 밤에는 츠가루샤미센 라이브를 즐길 수 있는 향토요리점에 갔습니다.

안즈

그렇게 꽃이 피면 좋겠다는 이야기를 하면서…

와아~ 예쁘겠네요. 꽃이 피면….

정말로 벚꽃나무가 가득하군요…. 꽃이 피면 예쁘겠네요~.

덜덜덜…

그리고 이 지방의 요리를 맛보면서,

지역 술
오징어 멘치카쓰 600엔
오징어다리를 다져서 튀긴 것
잣파지루 600엔
생선 서덜이 들어간 된장국
천연 멍게 800엔
다케키미 튀김 700엔
아오모리산 달콤한 옥수수

바로 옆에서 샤미센 연주를 보았죠.
띠리링
띠링
디링
딩
딩!!
띠딩
띠딩

그러자 도쿄에서 왔다고 하는 여성 2인조가 말을 걸어 왔습니다.

전에 왔을 때 본 벚꽃이 너무 예뻐서 천국 같았거든요~.

친구한테도 보여주려고 왔는데 이번에는 전혀 피지 않았네요.

아 하 하

저어~ 어디에서 오셨나요?

하아… 아오모리에 왔다는 게 실감 나네요.

와아 와아

꿀꺽
꿀꺽

샤미센 좋았 어요

그러자 옆쪽에서도….

그래~ 정말로 여기 벚꽃은 근사하지~.

그건 일생에 한번은 봐둬야 해~!!

그렇게 벚꽃 이야기를 듣고 있으려니 말이죠.

그런 풍경은 또 없지~

나도 본 적이 있다 니까!

히로사키에 다시 오는 걸 기원하며 이날은 종료하였 습니다.

다음에 꼭 와요~!!

아~ 역시 벚꽃이 보고 싶어요~!!

꿀꺽

다시 다른 일본주 마셨음

역시 전혀 피지 않았더 군요.
히로사키 벚꽃 축제
어서오세요
두~둥
그런 막연한 기대를 품으며 다시 한 번 히로사키 공원에 갔지만….
하룻밤 사이에 마법처럼 벚꽃이 피지 않았으려나~.
그리고 히로사키에서 맞이한 아오모리의 둘째 날이었어요.
어제 역에서 이런 걸 발견해 받아뒀 습니다.
굉장하다~ 가게가 엄청 많아요~!!
와아~ 히로사키 애플파이 가이드맵 이라네요.
Hirosaki Apple Pie Guide Map
일본 제일의 사과 산지인 히로사키에는 애플파이를 파는 가게가 굉장히 많거든요….
하… 하지만 아침부터 이런저런 가게를 돌아다니며 애플파이를 샀어요!!
와아~
짜작
짜안
파티세리 베르제 240엔
스리 브릿지 250엔
안제리크 256엔
르 캐슬 팩토리 302엔
커피 하나마루 250엔
그 가이드 맵을 참고해 사본 애플파이 들이에요.

하아~
애플파이로
배가 빵빵~.

저도요~

대만쪽
이에요

같은
애플파이라도
비교해서
먹어보니
가게마다
달라서
재밌었어요.

이 가게는
시나몬과 버터 맛이
진한 게 뭔가 그리운
맛이 나네요~.

맛있다아

냠

냠

오오! 이 가게는
사과의 신맛이
살아 있으면서
파이 반죽도
바삭해요~!!

와
삭

이제 곧
구워
집니다~

와
앙

와

웅성

웅성

먹고

히로사키

거대
애플파이
기네스
기록에
도전하는
모임

어서
오세요

와
아

와
아

와
아

이날 거대
애플파이를
굽는
이벤트를
했습니다….

거대 애플파이
기네스 기록에
도전하는 모임

↑
지름
2미터

그런데
공원 바로
옆에서….

웅성

웅성

웅성

응?

맛도
있어요!!

으음,
사이즈만
큰 건
아니네요.

까야,
갓 구워
뜨끈뜨끈!!
아뜨뜨뜨!

또다시
애플
파이를
먹었습
니다.

…

보고
있으려니
또 먹고
싶어졌
어요….

애
플
티

다른 노점에서 산
← 애플치노

웅성

줄을
서서
구세요

웅성

와아~

한 팩에
500엔
입니다~

이곳의 명물은 그 이름하여 '놋케동'!!

그러고 보니 애플파이는 먹었지만 밥은 못 먹었네요!!

밥 먹는 배는 따로!!

주식회사 아오모리 교사이센터 본점

아오모리 역으로 돌아와 아오모리 교사이센터에 가봤습니다.

그리고 어슬렁 어슬렁 산책을 한 뒤에,

와아.

히로사키 출생의 아티스트 요시토모 나라 씨의 'A to Z 메모리얼 도그'

생성게 3장

단새우 1장

연어알 2장

연어 1장

참치 중뱃살 2장

광어 2조각 식사권 1장

그 위에 마음에 드는 재료를 얹는 건데요.

여기요

그 식사권으로 밥을 산 뒤에,

보통 밥은 식사권 1장, 곱빼기는 식사권 2장을 냄

540엔에 5장이 들어간 식사권도 있음

먼저 안내소에서 식사권을 구입했습니다.

놋케동

놋케동 식사권 10장 1,080 엔

오래간 꾸준성권

사람들은 모두 밥그릇을 가지고 시장을 방황했 습니다.

수산 직송

가리비랑 방어 주세요

냉장 택배

선어

튀김

우와~ 어떻게 하지~

천천 히

튀김

여러 가게에서 다양한 재료를 팔고 있었어요.

어서 옵쇼!!

안 내 소
540엔 식사권 둘이요~
역시 모자라~
어른의 쇼핑!!
하지만 이제는 어른이니 540엔 짜리를 추가로 구입했죠.
저 사람 봐요. 굉장히 맛있어 보이는 계란말이를 얹었잖아요!!!
핫
장식 센스도 좋아!!
마지막에 된장국도 사고 싶은데~
으아앙~ 성게랑 가리비도 얹고 싶은데 식사권이 3장밖에 없네요~.
소풍 갈 때 '간식은 00엔까지만' 이라는 이야기를 들었던 시절의 두근거림을 느꼈어요.
바바 씨
두두
내 것
재첩 된장국이 딸려 있음
이렇게 각각의 놋케동이 완성됐습니다.
테마 연어도 놓칠 수 없다
엉겅퀴 된장국이 딸려 있음
등
테마 참치를 많이 먹고 싶다
그다음에 아오모리산 사과주를 맛볼 수 있는 바로 직행했음
A - FACTORY
딸꾹
유료
애플 브랜디
사과주
취했어요... ♥
비록 벚꽃은 보지 못했지만, 즐겁고 맛있는 아오모리 여행 이었어요.
생성게
우와아~ 스페셜 나오코 덮밥!!
좋아하는 것만 넣었으니, 덮밥은 당연히 맛있었습니다.

※네부타: 대나무에 매단 여러 개의 등과 거대한 종이 인형으로 꾸민 커다란 수레.

가리비요리
아오모리 역 근처에서 가리비 요리를 먹었습니다.

가리비라멘
가리비 카레
가리비 덮밥
가리비 샐러드
가리비 젓갈
참마를 얹은 가리비
가리비 날개살회
가리비 회
가리비 후라이
된장양념 가리비
껍질째 구운 가리비

와아, 가리비 메뉴가 가득!!

우오오ー
가리비 버터구이 최고예요!
성게 가리비 덮밥
가리비 연어알 덮밥
아 큼직하고 탱탱하네요~♡

홋카이도
오마
아오모리 현
아는 사람은 아는 참치의 성지!!
그리고 제가 오랜 세월 가고 싶어 했던 곳인 아오모리의 최북단 오마.

오마에도 꼭 가보고 싶어요~!!
숙제가 많네요….

좋아하는 재료를 얹으세요!!

Hirosaki Apple Pie
Guide Map

사과!!
사과!!

너무 많이 먹었어…
두둑둥
사과맥주

거대 애플파이!!

그리고 당시 직원 요리였던 특제 라멘도 정식 메뉴가 돼 있었어요.
우오오….
『뷰티풀 라이프』에 등장 '프렌치토스트'
런치 메뉴
프랑스 가정식 스파게티 그라탱
폭신폭신 오므라이스
우미보즈 라멘
돌에 돼지고기의 부드러운 돈가스 (소스 2종)
오늘의 특제 피자
※ 전날까지 예약 필요
꿀꺽…
『뷰티풀 라이프』에 등장한 그 프렌치 토스트가 예약제로 주문할 수 있게 되었어요….
아오모리 여행 이후 1년 반이 지나 '우미보즈'를 인터넷에 검색해 봤습니다….
음?!
다각 다각
그리고 예약 시간이 밤이라 시간이 좀 남아서요.
아오모리 도착~!!
신아오모리 역
와
고오오!!
도호쿠 신칸센 하야부사
그리하여 바바 씨와 다시 아오모리에 가게 되었습니다.
아오모리에 가요!!
프렌치 토스트에 라멘…. 머… 먹고 싶어요….
이런 목욕용 옷을 매점에서 팔거든요.
탈의실은 남녀 나뉘어 있음
하지만 부끄러움을 타는 여자들도 안심할 수 있어요!!
짜잔
1,000엔
이곳은 '천명욕탕'이라고 불리는 노송나무로 만든 대욕장이 유명하지만, 혼욕이었어요!!
뭉게
유황 냄새가 굉장하네요~
버스로 1시간 거리인 스카유 온천이라는 곳에 가봤습니다.

더 가면 남자들이 많이 있는 것 같아~.
용기가 없어서 안쪽으로는 들어가지 못했어요.
남성 구역
여성 구역
입구 쪽은 살짝 가려져 있음
이런 느낌... (샤워 시설이나 씻는 곳은 없음)
폭포탕
4분 6분 탕
← 남 | 여 →
냉탕
끼없는 물
열탕
남 | 여
냉탕
끼없는 물
벽
안에는 네 종류의 온천이 있고 대충이긴 하지만, 남녀 구역이 나뉘어 있는데요.
남자 탈의실
여자 탈의실
안쪽은 증기 때문에 잘 보이지도 않았고요.
큰맘 먹고 안쪽에 있는 열탕에 가봤어요.
남 여
까
보지 말아야지...
그러고 있으려니 같이 있던 아주머니께서 그렇게 말해주셔서요.
그 옷을 입으면 괜찮으니까 안쪽에도 들어가봐요.
원천이 다르거든~
우미보즈를 두 번째로 방문했습니다!!
어서 오세요~.
그리고 온천을 즐긴 뒤에는요.
우미보즈
첨벙 첨벙
차마 폭포탕에 갈 용기는 없었음
아까 들어간 데보다 미지근 하네요~.
물도 탁한 흰색이라 들어가니 안심이었습니다.
부드럽고 진한 느낌이에요~♡
참고로 남녀별로 나뉘어 있는 '욕탕'이라는 작은 욕탕도 있었음

이 수프는 송이버섯과 새우와 대구 정소, 그리고 오징어 입과 또 훈제 단무지와 이것과 저것과~
처음에 나오는 수프부터 무엇인지 잘 모르겠음
점심때와 마찬가지로 창의성 넘치는 요리가 계속해서 나왔습니다.
이번에는 2,730엔의 셰프 특선 코스에 라멘과 프렌치토스트도 넣어달라고 했어요.
앗, 하야세 씨 잘 부탁해요.
여어, 오랜만이네!!
안녕하세요
오래 기다리셨습니다
두 웅
와♡
그다음으로 라멘이 등장!!
그 후에 성게를 듬뿍 사용한 요리와 근사한 장식의 고기 요리가 나왔어요….
요리를 향한 '사랑'이 느껴져요~.
그리고 맛있어
어떻게 하면 이런 조합을 생각해내는 거지~.
고아에 (대구알을 당근 등과 같이 무친 아오모리의 향토요리)를 테린 (Terrine)풍으로 조리한 것
꽁치살과 간을 차곡차곡 쌓아 누른 요리
생선 카르파초
!!
그리고….
라멘집만 해도 잘 될 것 같은데요~.
와하하하
우와~ 옛날에 먹었던 라멘에서 한층 더 발전했네!!
맛있다!!
여러 가지 조개류에 두툼한 고기와 야채가 듬뿍 들어간 초호화 라멘이었어요!!
후루룩

그때 그대로 다!!
와아~ 딱 이런 색이 었어요. 이렇게 시럽을 뿌리면, 맞아 이런 느낌이었어!!
그것도 스페셜 버전으로 말이죠!!
굉장한 설탕공예예요~~!
뷰티풀 플레이트까지…
하하하
뷰티풀 라이프 다카기 & 바바
꺄아~ 이게 전설의 프렌치 토스트!!
기다리고 기다리던 프렌치 토스트가 등장 했어요!!
치익
프렌치토스트 나갑니다!!
그 당시
아아, 그래. 이 맛이야….
정말로 그 시절이 떠오르는 맛 이라서,
두근 두근
그리고 떨리는 마음으로 14년 만에 하야세 씨의 프렌치 토스트를 먹어봤더니….
사실 오늘 긴장하면서 만들었다니까~
폭신 폭신
주륵
탱글 탱글
오마코 가자 !!
아오이모리 철도
이틀째는 아오모리 여행의 또 다른 야망을 향해 출발했습니다!!
참고로 프렌치토스트는 준비에 하루가 걸리기 때문에 전날까지는 예약을 해야 해요!!
나는 호텔에 있을 때부터 그렇게 했어!!
앗, 프렌치 토스트를 전날부터 준비했어요?!
그럴 게나 빨리?!
배도 부르고 가슴도 벅찬 아오모리의 밤이었습니다.
LOVE 참치
짹!!

갈아타는 길…
노헤지 역
명물
역 메밀국수 와구와구
에키벤 닭고기밥
우동
카레
맥주
닭고기밥
꼬르륵
맛있겠다…
참치를 마음껏 먹기 위해 배를 비우고 오마에 가려고 했는데요….
홋카이도
하코다테
오마
아오모리 시나 하코다테에서 배로 가는 방법도 있음.
어떻게 가도 굉장히 머네요…
버스
약 100분
시모키타
약 60분
오마나토선
약 45분
아오모리
아오모리 현
노헤지
갈아탕
아오모리현 철도
아오모리 현 최북단의 오마는 참치 명산지로 참치를 좋아하는 제가 오래전부터 동경해왔던 성지!!
최북단의 땅
와아~.
13:00 도착
점심때가 지나 무사히 고픈 배를 안고 오마의 최북단인 오마 곶에 도착했어요!!
꼬르륵
꼬르륵
꼬르륵
참치 외줄낚시의 마을
다카기 씨, 조금만 참아요!!
버스
부르르릉…
배… 배고파….
간식 먹을까…
사과 사브레
도중에 이런저런 유혹과 싸우면서 향했어요.
꼬르륵
우와 !!
두둥 !!
주문한 건 그 이름도 '참치만 있는 덮밥' 이었어요.
2,800엔 (시기에 따라 가격 변동 있음)
어서 오세요~
해협의 참치집
두근
두근
오마의 최북단 참치
혼슈
그리고 재빨리 참치를 먹으러 '가이쿄소' 라는 가게로 향했습니다.

참고로 생참치가 없으면 쉬는 날도 있다고 하니 주의하세요.
홀랑 다 먹었습니다.
오늘은 있어서 다행이야!!
고맙습니다~
아아, 참치를 좋아하는 사람에겐 행복한 한 그릇!!
오마에 오길 잘했어!!
흑흑 맛있다아
이런 참치는 처음 먹어 봐요!!
고기를 씹는 것 같은 식감~!!
생참치를 엄선해 내놓는다는 이곳의 참치는 기름지고 두툼하면서도 부드러워서,
식당 오만 조쿠
가게 이름이 좋네요!!
오마산 참치
그리고 한 곳 더 방문했습니다.
이 티셔츠 좋네!!
에코백
참치 넥타이
팬티
손수건
열쇠 고리
참치 외길
참치 인형
선물 가게에서 참치 관련 상품도 구입했어요.
신선해~!
와아~ 아직 성게가 움직이잖아!!
생성게 500엔
혼들 혼들
그 후에는 근처 가게에서 생성게를 또 먹었고요.
혼슈 최북단의 온천
오마 정 해협보양센터
오마 창치
그러고 나서 오마에 있는 온천에서 하룻밤 묵었습니다.
배를 비우고 와서 다행이야~.
공복 만세!!
주문밥 오징어회도
이렇게 참치를 많이 먹은 건 태어나서 처음이에요~.
여기에서도 참치덮밥을 먹고 행복에 빠져 버렸어요.
참치덮밥 3,000엔

식사 없는 플랜
쿠울~
그대로 잠이 들어 버렸어요….
데
와~.
굴
이동을 많이 해서인지 바로 잠자리에 들어서,
이틀 연속 온천 ♥
이곳의 식당에서 파는 참치 덮밥도 맛있어 보였지만요….
물이 조금 짭조름함
아침은 이걸로~!!
참치 정식도 먹을 수 있어!!
왜냐하면 오늘은 여기서 참치 해체 쇼가 있으니까요!!
산 것임
오마
일요일은 참치
해체 쇼
DAY
개최일
참치 외길
참치 외길
꼬륵
꼬륵
아침도 먹지 않고 오마 항으로 향했습니다.
그리고 아오모리 여행 사흘째 에는….
부웅
택시
지난주에 태풍이 와서인지 참치를 잡지 못해 해체 쇼가 중지됐다고 했습니다!!
참치 해체 쇼 중단 안내
참치를 잡지 못해 입하된 참치가 없습니다.
따라서 오늘은 해체 쇼를 하지 않습니다.
참치 외길
해체 쇼 중단이라는 안내가 있어요….
하지만 도착하자 마자….
까아~ 다카기 씨 어떻게 해요!!

어쩔 수 없어요….
참치축제
뭐어… 참치가 없으면 어쩔 수 없죠….
어쩔 수 없네
어쩔 수 없어요
어쩔 수 없어요
네에~!!
으어
죄송합니다~ 오늘은 중지라…
그… 그런가요….
대어
9년간 이 행사를 해왔지만 이런 일은 처음이야~.
참치 정식 2,000엔
참치가 없어서~
그걸 생각하면, 어제 식당에 참치가 있어서 정말 다행이었어요.
그것이 바로 자연…
참치란 건 언제나 잡히지는 않는 거로군요….
그것이 바로 여행…
역시 여행이란 해프닝이 함께하는 거네요….
어쩔 수 없지…
중단
네에?
감자 익었는데 먹을라우?
일부러 와줬는데 미안해~.
도쿄에서 왔어?
꼬르륵
전부 맛있었어요!!
아오모리 시로 돌아가 마지막으로 가리비 요리를 먹은 뒤 집으로 돌아왔습니다.
가리비 튀김
가리비 버터구이
바다를 보면서 먹는 감자도 뭐 좋군요.
이건 참치 맛 감자로구먼!!
아… 하지만 배가 고파서 그런지 이 구운 감자도 맛있네요♡
따끈
따끈
따끈
갓 구웠네

낙엽이 예뻤어요 ♡
스카유 온천 도착~!!
유황 냄새~
뭉게~
가지 위에 성게가~!!
두둥!!
살짝 러블리한 느낌
부끄러움이 많은 사람을 위한 목욕용 옷도 있어요~
건더기가 푸짐한 수프
맛있었음
다시 우미보즈에
그 프렌치 토스트!!
짜잔?!!
와~!!
우미보즈 라멘
GO!!
날이 갰다 !!
이틀째
오마를 향해 출발!!
그리고 아오이모리 열차로
오모리 역과 푸른 하늘!!

아오모리 먹부림
리턴즈 * 꼬르륵 DATA
혼슈
최북단의
비석
드디어 왔도다
오마!
참치가 가득
'참치만 있는 덮밥'
홋카이도
행복해서
기절할 것
같아~
참치 동상
まぐろ一本釣の町　おおま
두 번째 참치 ♡
大間崎公衆トイレ
マグロ一筋
성게도
달고
맛있었
어요!!
참치
LOVE
화장실 간판도 참치 →
マグロまつり
マグロ解体ショー中止のお知らせ
マグロ漁不漁によりマグロの入荷がなく、本日の
解体ショーを開催することができません。
遠方よりお越しいただいた皆様方には大変
申し訳なく心からお詫び申し上げます。
事情ご推察くださり、ご理解賜りますよう
お願い申し上げます。
우우…
아쉬워…
오마의
선물
本州最北端の海の幸
天然 ねばり
とろろ
감
자
를
받
았
어
요
~
자
신
을
위
한
선
물
マグロ一筋
다시마도
특산품!!

DATA

가이센소사쿠 우미보즈 (海鮮創作 海坊厨)
아오모리 시 후루카와 1-13-12(青森市古川 1-13-12)
☎ 017-722-5435

안즈 (杏)
히로사키 시 오야카타 정 니코빌딩 1층(弘前市親方町 44-1 二幸ビル 1F)
☎ 0172-32-6684
http://anzu.tsugarushamisen.jp

파티세리 베르제 (パティスリーヴェルジェ)
히로사키 시 모모이시 정 18(弘前市百石町 18)
☎ 0172-32-1949
http://verger.muse.weblife.me

스리 브릿지 (スリーブリッヂ)
히로사키 시 오아자 에키마에 정 16-7(弘前市大字駅前町 16-7)
☎ 0172-38-1551

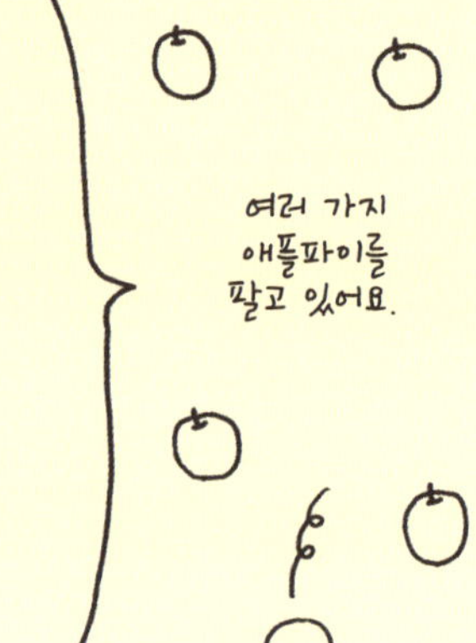

안제리크 히로사키 (アンジェリック 弘前)
히로사키 시 오아자 노다 1가 3-16(弘前市大字野田 1丁目 3-16)
☎ 0172-35-9894
https://ja-jp.facebook.com/angelique.hirosaki

르 캐슬 팩토리 (ル・キャッスル・ファクトリー)
히로사키 시 가미사야시 정 24-1 호텔 뉴캐슬 1층
(弘前市上鞘師町 24-1 ホテルニューキャッスル 1F)
☎ 0172-36-1211
http://www.newcastle.co.jp/restaurant/factory.html

커피 하나마루 (珈琲 はなまる)
히로사키 시 와카토 정 61-4(弘前市若党町 61-4)
☎ 0172-37-8701

아오모리 교사이센터 (青森魚菜センター)
아오모리 시 후루카와 1-11-16(青森市古川 1-11-16)
☎ 017-763-0085
http://www.aomori-ichiba.com/nokkedon

국민보양온천지 스카유 온천 (国民保養温泉地 酸ケ湯温泉)
아오모리 시 아라카와 미나미아라카와야마 고쿠유린 스카유자와 50
(青森市荒川南荒川山国有林酸湯沢 50)
☎ 017-738-6400
http://www.sukayu.jp

가이쿄소 (海峡荘)
시모키타 군 오마 정 오아자 오마아자 오마타이라 17-734
(下北郡大間町大字大間字大間平 17-734)
☎ 0175-37-3691
http://www6.ocn.ne.jp/~oma123(블로그는 운영 중단)

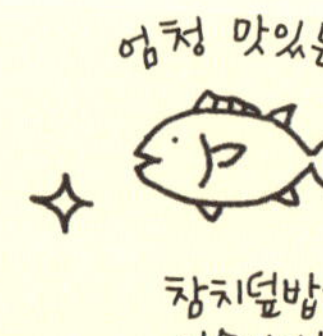

사카나쿠이노 오만조쿠 (魚喰いの大間んぞく)
시모키타 군 오마 정 오아자 오마아자 오마타이라 17-377
(下北郡大間町大字大間字大間平 17-377)
☎ 0175-37-5633
http://oomanzoku.web.fc2.com

오마온천 해협보양센터 (大間温泉海峡保養センター)
시모키타 군 오마 정 오아자 오마아자 우치야마 48-1 (下北郡大間町大字大間字内山 48-1)
☎ 0175-37-4334
http://cld1.worldcom.ne.jp/~omaonsen

『식탁 만세! 집밥, 외식, 가끔은 여행식』을 읽어주셔서 대단히 감사합니다.

이 나이가 되니 여러 가지 맛있는 것들과 만나게 되고,

혀도 고급스러워졌어요.

또 반대로 옛날처럼 푸짐하고

기름진 걸 잘 못 먹게 되기도 하는데요.

그래도 처음 맛보는 감동적인 맛도 있고,

입맛이 변해 맛있게 느껴지는 것도 있고, 잊을 수 없는 맛도 있어요….

음식의 세계는 깊고 재미있네요.

여러분이 최근에 먹은, 맛있는 건 뭔가요~?

CREA WEB 코믹 에세이 룸
(http://crea.bunshun.jp/comic-essay)
2012년 5월~2014년 10월
연재분을 가필해 재편집하였습니다.

식탐 만세! 집밥, 외식, 가끔은 여행식

펴낸날	초판 1쇄 2016년 7월 5일
	초판 4쇄 2022년 9월 30일

지은이	다카기 나오코
옮긴이	채다인
펴낸이	심만수
펴낸곳	(주)살림출판사
출판등록	1989년 11월 1일 제9-210호

주소	경기도 파주시 광인사길 30
전화	031-955-1350 팩스 031-624-1356
홈페이지	http://www.sallimbooks.com
이메일	book@sallimbooks.com

ISBN   978-89-522-3420-9   17830

※ 값은 뒤표지에 있습니다.
※ 잘못 만들어진 책은 구입하신 서점에서 바꾸어 드립니다.

다카기 나오코의
좌충우돌
마라톤 성장 일기

초보도 따라 하기 쉬운 즐거운 달리기 프로젝트
마라톤 1년차

다카기 나오코 글·그림 | 윤지은 옮김 | 176쪽 | 10,000원 | 신국변형

숨쉬기, 손가락 움직이기가 운동의 전부인 만화가 다카기 나오코, 인간 한계를 시험하는 인생 최고 극기에 도전하다! 초보가 갖춰야 할 준비물 부터 마음가짐, 훈련법뿐만 아니라 각종 마라톤 대회와 그 주변 맛집 투어까지 담겨 있어 마라톤 지침서로서도 충분하다. 특히 단순한 달리기 속에 딤긴 인생의 희로애락과 우프 경험담을 읽다 보면 공원이라도 나가 뛰고 싶은 마음이 간절해진다.

들썩들썩 근질근질 읽으면 달리고 싶어지는
마라톤 2 년차

다카기 나오코 글·그림 | 윤지은 옮김 | 176쪽 | 12,000원 | 신국변형

마라톤 왕초보 나오코도 2년 차에 접어들면서 마라토너로서 조금씩 성장하기 시작한다. 호놀룰루 마라톤에 이어 두 번째 풀코스 마라톤에 참가하고, 팀을 이루어 달리는 릴레이 마라톤에 출전하며, 산을 오르내리는 트레일 러닝에 도전하는 등 다양한 훈련과 대회를 경험하면서 나오코는 좀 더 깊게 마라톤을 알아간다. 물론 여전히 체중도 그대로고 달리기가 끝난 후에 맛집을 찾아다니는 것도 전혀 변하지 않았지만!